韓文字是由基本母音、基本子音、複合母音、氣音和硬音所構成。

其組合方式有以下幾種：

1.子音加母音，例如：저(我)
2.子音加母音加子音，例如：밤（夜晚）
3.子音加複合母音，例如：위（上）
4.子音加複合母音加子音，例如：관（官）
5.一個子音加母音加兩個子音，如：값（價錢）

簡易拼音使用方式：

1. 為了讓讀者更容易學習發音，本書特別使用「簡易拼音」來取代一般的羅馬拼音。
   規則如下，
   例如：
   그러면 우리 집에서 저녁을 먹자.
   geu.reo.myeon/u.ri/ji.be.seo/jeo.nyeo.geul/meok.jja
   ----------普遍拼音
   geu.ro*.myo*n/u.ri/ji.be.so*/jo*.nyo*.geul/mo*k.jja
   ------------簡易拼音
   那麼，我們在家裡吃晚餐吧！

   文字之間的空格以「/」做區隔。
   不同的句子之間以「//」做區隔。

南大門　明洞　鐘閣

樂天　景福宮　惠化

배낭여행에서 꼭 필요한 한국어 회화

背包客基本要會的
韓語便利句

各種狀況不再手忙腳亂！
帶著本書，成為旅遊達人吧！

南大門　明洞　鐘閣

樂天　景福宮　惠化

基本母音：

▶ Track 002

	韓國拼音	簡易拼音	注音符號
ㅏ	a	a	ㄚ
ㅑ	ya	ya	ㄧㄚ
ㅓ	eo	o*	ㄛ
ㅕ	yeo	yo*	ㄧㄛ
ㅗ	o	o	ㄡ
ㅛ	yo	yo	ㄧㄡ
ㅜ	u	u	ㄨ
ㅠ	yu	yu	ㄧㄨ
ㅡ	eu	eu	(ㄜ)
ㅣ	i	i	ㄧ

特別提示：

1. 韓語母音「ㅡ」的發音和「ㄜ」發音有差異，但嘴型要拉開，牙齒快要咬住的狀態，才發得準。

2. 韓語母音「ㅓ」的嘴型比「ㅗ」還要大，整個嘴巴要張開成「大O」的形狀，
「ㅗ」的嘴型則較小，整個嘴巴縮小到只有「小o」的嘴型，類似注音「ㄡ」。

3. 韓語母音「ㅕ」的嘴型比「ㅛ」還要大，整個嘴巴要張開成「大O」的形狀，
類似注音「ㄧㄛ」，「ㅛ」的嘴型則較小，整個嘴巴縮小到只有「小o」的嘴型，類似注音「ㄧㄡ」。

基本子音：

	韓國拼音	簡易拼音	注音符號
ㄱ	g,k	k	ㄎ
ㄴ	n	n	ㄋ
ㄷ	d,t	d,t	ㄊ
ㄹ	r,l	l	ㄌ
ㅁ	m	m	ㄇ
ㅂ	b,p	p	ㄆ
ㅅ	s	s	ㄙ,(ㄒ)
ㅇ	ng	ng	不發音
ㅈ	j	j	ㄗ
ㅊ	ch	ch	ㄘ

特別提示：

1. 韓語子音「ㅅ」有時讀作「ㄙ」的音，有時則讀作「ㄒ」的音。「ㄒ」音是跟母音「ㅣ」搭在一塊時，才會出現。

2. 韓語子音「ㅇ」放在前面或上面不發音；放在下面則讀作「ng」的音，像是用鼻音發「嗯」的音。

3. 韓語子音「ㅈ」的發音和注音「ㄗ」類似，但是發音的時候更輕，氣更弱一些。

氣音：

	韓國拼音	簡易拼音	注音符號
ㅋ	k	k	ㄎ
ㅌ	t	t	ㄊ
ㅍ	p	p	ㄆ
ㅎ	h	h	ㄏ

特別提示：

1. 韓語子音「ㅋ」比「ㄱ」的較重，有用到喉頭的音，音調類似國語的四聲。
   ㅋ＝ㄱ＋ㅎ

2. 韓語子音「ㅌ」比「ㄷ」的較重，有用到喉頭的音，音調類似國語的四聲。
   ㅌ＝ㄷ＋ㅎ

3. 韓語子音「ㅍ」比「ㅂ」的較重，有用到喉頭的音，音調類似國語的四聲。
   ㅍ＝ㅂ＋ㅎ

複合母音：

	韓國拼音	簡易拼音	注音符號
ㅐ	ae	e*	ㆎ
ㅒ	yae	ye*	ㄧㆎ
ㅔ	e	e	ㄟ
ㅖ	ye	ye	ㄧㄟ
ㅘ	wa	wa	ㄨㄚ
ㅙ	wae	we*	ㄨㆎ
ㅚ	oe	we	ㄨㄟ
ㅞ	we	we	ㄨㄟ
ㅝ	wo	wo	ㄨㄛ
ㅟ	wi	wi	ㄨㄧ
ㅢ	ui	ui	ㄜㄧ

特別提示：

1. 韓語母音「ㅐ」比「ㅔ」的嘴型大，舌頭的位置比較下面，發音類似「ae」；「ㅔ」的嘴型較小，舌頭的位置在中間，發音類似「e」。不過一般韓國人讀這兩個發音都很像。

2. 韓語母音「ㅒ」比「ㅖ」的嘴型大，舌頭的位置比較下面，發音類似「yae」；「ㅖ」的嘴型較小，舌頭的位置在中間，發音類似「ye」。不過很多韓國人讀這兩個發音都很像。

3. 韓語母音「ㅚ」和「ㅙ」比「ㅞ」的嘴型小些，「ㅚ」的嘴型是圓的；「ㅚ」、「ㅞ」則是一樣的發音。不過很多韓國人讀這三個發音都很像，都是發類似「we」的音。

	韓國拼音	簡易拼音	注音符號
ㄲ	kk	g	ㄍ
ㄸ	tt	d	ㄉ
ㅃ	pp	b	ㄅ
ㅆ	ss	ss	ㄙ
ㅉ	jj	jj	ㄗ

特別提示 ：

1. 韓語子音「ㅆ」比「ㅅ」用喉嚨發重音，音調類似國語的四聲。
2. 韓語子音「ㅉ」比「ㅈ」用喉嚨發重音，音調類似國語的四聲。

*表示嘴型比較大

首爾自由行五天四夜
서울 자유여행 4 박 5 일

―――――― Unit1 第一天
첫 번째날

──────── Unit2　第二天
두 번째날

————————— Unit 3　第三天
세 번째날

首爾推薦美食店
서울 맛집 추천

旅行韓語好用句
여행 한국어 한 마디

附錄

背包客基本要會的
韓語便利句

首爾自由行
五天四夜

서울자유여행 4 박 5 일

Unit1 第一天
첫 번째날

抵達仁川機場
인천국제공항에 도착！

例句

한국에 도착했어요 . 신난다 !
han.gu.ge/do.cha.ke*.sso*.yo//sin.nan.da
抵達韓國了，好開心！

민호 오빠 , 제가 왔어요 !
min.ho.o.ba//je.ga/wa.sso*.yo
敏鎬哥，我來了！

여기 와이파이 되나요 ?
yo*.gi/wa.i.pa.i/dwe.na.yo
這裡有 WIFI 嗎？

**내 한국 친구가 마중하러 왔어 . 우리 얼른 나가
자 .**
ne*/han.guk/chin.gu.ga/ma.jung.ha.ro*/wa.sso*//
u.ri/o*l.leun/na.ga.ja
我韓國朋友來機場接我，我們快點出去吧。

아 ! 난 기내에서 출입국신고서 안 썼어요 .
a//nan/gi.ne*.e.so*/chu.rip.guk.ssin.go.so*/an/
sso*.sso*.yo
啊！我在飛機上沒有寫入境申請書。

이 서류는 어떻게 쓰는지 가르쳐 주시겠습니까？
i/so*.ryu.neun/o*.do*.ke/sseu.neun.ji/ga.reu.cho*/
ju.si.get.sseum.ni.ga
可以教我這個該怎麼填寫嗎？

인천국제공항에 처음 왔어요.
in.cho*n.guk.jje.gong.hang.e/cho*.eum/wa.sso*.
yo
我第一次來仁川國際機場。

單字速查

한국	韓國
han.guk	
비행기	飛機
bi.he*ng.gi	
기내	飛機內
gi.ne*	
출입국신고서	入境申請書
chu.rip.guk.ssin.go.so*	

入境審查
입국심사

例句

저는 대만에서 왔습니다 .
jo*.neun/de*.ma.ne.so*/wat.sseum.ni.da
我從台灣來的。

한국에는 무슨 일로 오셨습니까 ?
han.gu.ge.neun/mu.seun/il.lo/o.syo*t.sseum.ni.ga
您為了什麼事情來韓國呢？

어디에서 오셨습니까 ?
o*.di.e.so*/o.syo*t.sseum.ni.ga
您從哪裡來呢？

여행 목적은 뭡니까 ?
yo*.he*ng/mok.jjo*.geun/mwom.ni.ga
旅行的目的是？

거래처 사람을 만나러 왔습니다 .
go*.re*.cho*/sa.ra.meul/man.na.ro*/wat.sseum.
ni.da
我是來見客戶的。

저는 유학생입니다 .
jo*.neun/yu.hak.sse*ng.im.ni.da
我是留學生。

출장 때문에 왔습니다 .
chul.jang.de*.mu.ne/wat.sseum.ni.da
我來這裡出差。

한국어 배우러 왔습니다 .
han.gu.go*/be*.u.ro*/wat.sseum.ni.da
我是來學習韓國語的。

얼마나 머물 예정입니까 ?
o*l.ma.na/mo*.mul/ye.jo*ng.im.ni.ga
您要在這裡待多久呢？

어떤 일을 하고 있습니까 ?
o*.do*n/i.reul/ha.go/it.sseum.ni.ga
您在做什麼樣的工作呢？

호텔 이름을 알려 주세요 .
ho.tel.i.reu.meul/al.lyo*/ju.se.yo
請告訴我飯店的名字。

친구 집 주소를 쓰세요 .
chin.gu/jip/ju.so.reul/sseu.se.yo
請寫下朋友家的地址。

동행이 몇 분입니까 ?
dong.he*ng.i/myo*t/bu.nim.ni.ga
同行的人有幾位呢？

會話一

A : 여권을 보여 주시겠습니까 ?
yo*.gwo.neul/bo.yo*/ju.si.get.sseum.ni.ga
可以出示您的護照嗎？

B : 네 , 여기에 있습니다 .
ne//yo*.gi.e/it.sseum.ni.da
好的，在這裡。

A : 방문 목적이 무엇입니까 ?
bang.mun/mok.jjo*.gi/mu.o*.sim.ni.ga
來這裡的目的是什麼？

B : 관광하러 왔습니다 .
gwan.gwang.ha.ro*/wat.sseum.ni.da
我來這裡觀光。

A : 얼마나 머물 예정입니까 ?
o*l.ma.na/mo*.mul/ye.jo*ng.im.ni.ga
您要待多久？

B : 오일 동안 머물 예정입니다 .
o.il/dong.an/mo*.mul/ye.jo*ng.im.ni.da
我預計待五天。

A : 알겠습니다 . 가셔도 됩니다 .
al.get.sseum.ni.da//ga.syo*.do/dwem.ni.da
我知道了，您可以離開了。

B : 고맙습니다 .
go.map.sseum.ni.da
謝謝。

會話二

A : 얼마 동안 머무르십니까 ?
o*l.ma/dong.an/mo*.mu.reu.sim.ni.ga
你要在韓國待多久？

B : 7 일 동안 머무를 예정입니다 .
chi.ril/dong.an/mo*.mu.reul/ye.jo*ng.im.ni.da
我預計要待七天。

會話三

A : 어느 호텔에서 묵습니까 ?
o*.neu/ho.te.re.so*/muk.sseum.ni.ga
您住在哪一間飯店呢？

B : 신라 호텔에서 묵습니다 .
sil.la/ho.te.re.so*/muk.sseum.ni.da
我住新羅飯店。

單字速查

여권   護照
yo*.gwon
비자   簽證
bi.ja
체류 시간 滯留時間
che.ryu/si.gan

提領行李
짐 찾기

例句

짐 찾는 곳은 어디예요 ?
jim/chan.neun/go.seun/o*.di.ye.yo
領取行李的地方在哪裡？

이 짐은 제 것입니다 .
i/ji.meun/je/go*.sim.ni.da
這行李是我的。

짐은 어디에서 찾아야 돼요 ?
ji.meun/o*.di.e.so*/cha.ja.ya/dwe*.yo
要在哪裡提取行李呢？

제 짐이 보이지 않아요 .
je/ji.mi/bo.i.ji/a.na.yo
我沒看到我的行李。

짐 카트는 어디에 있어요 ?
jim/ka.teu.neun/o*.di.e/i.sso*.yo
行李推車在哪裡？

제 짐이 여기 없습니다 .
je/ji.mi/yo*.gi/o*p.sseum.ni.da
我的行李不在這裡。

짐 한 개를 못 찾겠어요 .
jim/han/ge*.reul/mot/chat.ge.sso*.yo
我有一個行李找不到。

분실 수하물 신고처가 저쪽에 있습니다 .
bun.sil/su.ha.mul/sin.go.cho*.ga/jo*.jjo.ge/
it.sseum.ni.da

行李遺失申報處在那裡。

지금 알아 봐 주시겠어요 ?
ji.geum/a.ra/bwa/ju.si.ge.sso*.yo

可以現在幫我問問看嗎？

제 짐이 어디에 있는지 알아내셨어요 ?
je/ji.mi/o*.di.e/in.neun.ji/a.ra.ne*.syo*.sso*.yo

您有問到我的行李在哪裡嗎？

제 짐을 찾으면 이 번호로 연락해 주세요 .
je/ji.meul/cha.jeu.myo*n/i/bo*n.ho.ro/yo*l.la.ke*/
ju.se.yo

如果找到我的行李，請用這個號碼連絡我。

짐카트는 어디서 구할 수 있어요 ?
jim.ka.teu.neun/o*.di.so*/gu.hal/ssu/i.sso*.yo

請問哪裡有行李推車？

會話

A : 어디서 제 짐을 찾을 수 있습니까 ?
o*.di.so*/je/ji.meul/cha.jeul/ssu/it.sseum.ni.ga

哪裡可以領回我的行李？

B : 우리 같은 비행기를 탔으니까 저를 따라
오세요 .
u.ri/ga.teun/bi.he*ng.gi.reul/ta.sseu.ni.ga/jo*.
reul/da.ra/o.se.yo

我們搭同一班飛機，你跟我來吧。

A : 고맙습니다.
go.map.sseum.ni.da
謝謝。

單字速查

짐	行李
jim	
여행 가방	旅行箱
yo*.he*ng/ga.bang	
수하물	手提行李
su.ha.mul	
수하물표	行李單
su.ha.mul.pyo	
찾다	找尋
chat.da	
분실하다	遺失
bun.sil.ha.da	

接機
마중할 때

例句

오랜만이에요 . 잘 지냈죠 ?
o.re*n.ma.ni.e.yo//jal/jji.ne*t.jjyo
好久不見，你過得好嗎？

한국에 온 것을 환영해요 .
han.gu.ge/on/go*.seul/hwa.nyo*ng.he*.yo
歡迎你來韓國。

바쁜데 마중을 나와 줘서 고마워요 .
ba.beun.de/ma.jung.eul/na.wa/jwo.so*/go.ma.
wo.yo
你那麼忙還來接我，謝謝你。

피곤하지 않아요 ?
pi.gon.ha.ji/a.na.yo
你不會累嗎？

많이 기다렸어요 ?
ma.ni/gi.da.ryo*.sso*.yo
你等很久了嗎？

單字速查

환영하다 歡迎
hwa.nyo*ng.ha.da
마중하다 迎接
ma.jung.ha.da
기다리다 等待
gi.da.ri.da

機場服務台

공항안내소

例句

관광 버스는 있어요 ?
gwan.gwang/bo*.seu.neun/i.sso*.yo
有觀光巴士嗎？

값이 싸고 좋은 호텔을 소개해 주시겠어요 ?
gap.ssi/ssa.go/jo.eun/ho.te.reul/sso.ge*.he*/ju.si.ge*.sso*.yo
可以為我介紹便宜又不錯的飯店嗎？

지하철 역은 어디입니까 ?
ji.ha.cho*l/yo*.geun/o*.di.im.ni.ga
地鐵站在哪裡？

어디서 핸드폰을 대여할 수 있지요 ?
o*.di.so*/he*n.deu.po.neul/de*.yo*.hal/ssu/it.jji.yo
哪裡可以租手機呢？

어디서 환전할 수 있어요 ?
o*.di.so*/hwan.jo*n.hal/ssu/i.sso*.yo
哪裡可以換錢呢？

여기 관광 안내 책자가 있어요 ?
yo*.gi/gwan.gwang/an.ne*/che*k.jja.ga/i.sso*.yo
這裡有觀光導覽手冊嗎？

여기 관광 지도도 받을 수 있어요 ?
yo*.gi/gwan.gwang/ji.do.do/ba.deul/ssu/i.sso*.yo
這裡也可以索取觀光地圖嗎？

이 관광 책자는 무료예요 ?
i/gwan.gwang/che*k.jja.neun/mu.ryo.ye.yo
這份觀光手冊是免費的嗎？

서울 시내 지도도 있습니까 ?
so*.ul/si.ne*/ji.do.do/it.sseum.ni.ga
也有首爾市區地圖嗎？

중국어로 된 안내 책자는 있어요 ?
jung.gu.go*.ro/dwen/an.ne*/che*k.jja.neun/
i.sso*.yo
有中文版的遊覽手冊嗎？

서울의 주요 관광 명소가 어디예요 ?
so*.u.rui/ju.yo/gwan.gwang/myo*ng.so.ga/o*.di.
ye.yo
首爾主要的觀光勝地在哪裡？

명동은 어떻게 가요 ?
myo*ng.dong.eun/o*.do*.ke/ga.yo
明洞怎麼去呢？

어디서 렌트카 예약을 할 수 있나요 ?
o*.di.so*/ren.teu.ka/ye.ya.geul/hal/ssu/in.na.yo
哪裡可以預約租車？

會話

A : 여기서 호텔 예약을 할 수 있어요 ?
　　yo*.gi.so*/ho.tel/ye.ya.geul/hal/ssu/i.sso*.yo
　　這裡可以預約住宿嗎？

B : 네 , 할 수 있습니다 . 어떤 조건의 호텔을
　　원하세요 ?
　　ne//hal/ssu/it.sseum.ni.da//o*.do*n/jo.go*.nui/
　　ho.te.reul/won.ha.se.yo
　　可以，您希望是什麼條件的飯店呢？

A : 동대문 근처의 호텔을 원합니다 . 방 값이
　　저렴하면 더 좋고요 .
　　dong.de*.mun/geun.cho*.ui/ho.te.reul/won.
　　ham.ni.da//bang/gap.ssi/jo*.ryo*m.ha.myo*
　　n/do*/jo.ko.yo
　　我希望是東大門附近的飯店。房間價格便宜的
　　話更好。

搬行李
짐을 운반할 때

例句

짐을 좀 내려 줘요.
ji.meul/jjom/ne*.ryo*/jwo.yo
請幫我把行李拿下來。

짐이 무거워요. 이걸 좀 들어 줘요.
ji.mi/mu.go*.wo.yo/i.go*l/jom/deu.ro*/jwo.yo
行李很重，幫我拿這個。

무겁죠? 내가 도와 줄게요.
mu.go*p.jjyo//ne*.ga/do.wa/jul.ge.yo
很重吧？我幫你拿。

카트는 어디까지 사용할 수 있어요?
ka.teu.neun/o*.di.ga.ji/sa.yong.hal/ssu/i.sso*.yo
手推車可以使用到哪裡？

會話

A : 같이 들지요.
　　ga.chi/deul.jji.yo
　　一起拿吧！

B : 괜찮아요. 내가 들 수 있어요.
　　gwe*n.cha.na.yo//ne*.ga/deul/ssu/i.sso*.yo
　　沒關係，我拿得動。

單字速查

무겁다　重
mu.go*p.da
들다　拿、提
deul.da
짐 카트　行李推車
jim/ka.teu
서울　首爾
so*.ul
지도　地圖
ji.do
핸드폰　手機
he*n.deu.pon
관광　觀光
gwan.gwang
안내 책자　導覽手冊
an.ne*/che*k.jja

機場巴士
공항버스

例句

공항버스가 편하니까 그걸 타고 가요 .
gong.hang.bo*.seu.ga/pyo*n.ha.ni.ga/geu.go*l/
ta.go/ga.yo
機場巴士很方便，我們搭那個吧。

시내에 가는 버스는 있나요 ?
si.ne*.e/ga.neun/bo*.seu.neun/in.na.yo
有前往市區的公車嗎？

버스 타는 곳은 어디입니까 ?
bo*.seu/ta.neun/go.seun/o*.di.im.ni.ga
搭公車的地方在哪裡？

버스는 금방 와요 ?
bo*.seu.neun/geum.bang/wa.yo
公車馬上就會來嗎？

동대문에 가고 싶은데 어느 버스를 타야 돼요 ?
dong.de*.mu.ne/ga.go/si.peun.de/o*.neu/bo*.
seu.reul/ta.ya/dwe*.yo
我想去東大門，應該搭哪一班公車？

버스 요금이 얼마예요 ?
bo*.seu/yo.geu.mi/o*l.ma.ye.yo
公車費多少錢？

單字速查

시내	市區
si.ne*	
공항 버스	機場巴士
gong.hang/bo*.seu	
버스를 타다	搭公車
bo*.seu.reul/ta.da	
호텔	飯店
ho.tel	
여관	旅館
yo*.gwan	
민박	民宿
min.bak	
호스텔	青年旅社
ho.seu.tel	

前往飯店
호텔 가기

例句

우리 호텔에 가자 .
u.ri/ho.te.re/ga.ja
我們去飯店吧。

이 호텔에 가고 싶은데 이 길이 맞아요 ?
i/ho.te.re.ga.go/si.peun.de/i/gi.ri/ma.ja.yo
我想去這間飯店，這條路沒錯嗎？

호스텔 위치는 어디예요 ?
ho.seu.tel/wi.chi.neun/o*.di.ye.yo
青年旅社位置在哪裡？

호텔 어떻게 가는지 알아요 ?
ho.tel/o*.do*.ke/ga.neun.ji/a.ra.yo
你知道飯店怎麼去嗎？

우리 지하철을 타고 호스텔에 가요 .
u.ri/ji.ha.cho*.reul/ta.go/ho.seu.te.re/ga.yo
我們搭地鐵去青年旅社吧。

單字速查

방　　房間
bang

일박　　一晚
il.bak

일인실　一人房
i.rin.sil

預約飯店
호텔 예약

例句

방을 예약하고 싶습니다 .
bang.eul/ye.ya.ka.go/sip.sseum.ni.da
我要預約房間。

빈 방이 있습니까 ?
bin/bang.i/it.sseum.ni.ga
有空房間嗎？

싱글룸은 얼마입니까 ?
sing.geul.lu.meun/o*l.ma.im.ni.ga
請問單人房多少錢？

오래 묵으면 할인이 됩니까 ?
o.re*/mu.geu.myo*n/ha.ri.ni/dwem.ni.ga
住久一點有折扣嗎？

좀 더 싼 방은 없습니까 ?
jom/do*/ssan/bang.eun/o*p.sseum.ni.ga
沒有更便宜一點的房間嗎？

일박에 얼마입니까 ?
il.ba.ge/o*l.ma.im.ni.ga
一個晚上多少錢？

하루에 얼마예요 ?
ha.ru.e/o*l.ma.ye.yo
一天多少錢？

가격은 얼마정도 예상하세요 ?
ga.gyo*.geun/o*l.ma.jo*ng.do/ye.sang.ha.se.yo
您的預算是多少呢？

이인실은 하루에 얼마입니까 ?
i.in.si.reun/ha.ru.e/o*l.ma.im.ni.ga
雙人房一天要多少錢呢？

2 인용 객실 요금이 얼마죠 ?
i.i.nyong/ge*k.ssil/yo.geu.mi/o*l.ma.jyo
兩人房的費用是多少？

두 사람 묵을 방이 있나요 ?
du/sa.ram/mu.geul/bang.i/in.na.yo
有兩人住的房間嗎？

아침식사는 포함됩니까 ?
a.chim.sik.ssa.neun/po.ham.dwem.ni.ga
有包含早餐嗎？

텔레비전이 있습니까 ?
tel.le.bi.jo*.ni/it.sseum.ni.ga
有電視嗎？

싱글룸으로 주세요 .
sing.geul.ru.meu.ro/ju.se.yo
請給我單人房。

더블룸으로 예약해 주세요 .
do*.beul.lu.meu.ro/ye.ya.ke*/ju.se.yo
請幫我訂雙人房。

방 하나를 부탁합니다.

bang/ha.na.reul/bu.ta.kam.ni.da

麻煩您給我一間房間。

會話

A : 이인실을 예약하고 싶습니다.
i.in.si.reul/ye.ya.ka.go/sip.sseum.ni.da
我要預約雙人房。

B : 네, 성함이 어떻게 되십니까?
ne//so*ng.ha.mi/o*.do*.ke/dwe.sim.ni.ga
請問您貴姓大名？

A : 진준호입니다.
jin.jun.ho.im.ni.da
陳俊豪。

單字速查

텔레비전 電視
tel.le.bi.jo*n
아침식사 早餐
a.chim.sik.ssa
객실　　客房
ge*k.ssil
예약하다 預約
ye.ya.ka.da

登記入住
체크인할 때

例句

체크인을 하려고 해요 .
che.keu.i.neul/ha.ryo*.go/he*.yo
我要 check in。

지금 체크인하고 싶습니다 .
ji.geum/che.keu.in.ha.go/sip.sseum.ni.da
我現在要入住。

전 일개월 전에 방을 예약했어요 . 제 이름은 황
안니라고 해요 .
jo*n/il.ge*.wol/jo*.ne/bang.eul/ye.ya.ke*.sso*.yo//
je/i.reu.meun/hwang.an.ni.ra.go/he*.yo
我一個月前訂房間了，我的名字是黃安妮。

제 방은 몇 층이죠 ?
je/bang.eun/myo*t/cheung.i.jyo
我的房間在幾樓？

지금 방에 들어가도 되죠 ?
ji.geum/bang.e/deu.ro*.ga.do/dwe.jyo
我現在可以進房間吧？

짐을 방까지 옮겨 주시겠어요 ?
ji.meul/bang.ga.ji/om.gyo*/ju.si.ge.sso*.yo
可以幫我把行李搬到房間嗎？

아침 식사는 몇 시부터예요 ?
a.chim/sik.ssa.neun/myo*t/si.bu.to*.ye.yo
早餐從幾點開始？

열쇠를 주세요 .
yo*l.swe.reul/jju.se.yo
請給我鑰匙。

판매점은 24 시간입니까 ?
pan.me*.jo*.meun/i.sip.ssa.si.ga.nim.ni.ga
販賣店是 24 小時嗎？

수영장은 어디에 있습니까 ?
su.yo*ng.jang.eun/o*.di.e/it.sseum.ni.ga
游泳池在哪裡？

單字速查

방 번호　　房間號碼
bang/bo*n.ho
카드 열쇠　房卡鑰匙
ka.deu/yo*l.swe
층　　　　樓層
cheung
비상 출구　緊急出口
bi.sang/chul.gu

南大門市場
남대문 시장

位置：首爾市中區南大門市場4街21（南倉洞）
위치 : 서울시 중구 남대문시장4길 21 （남창동）
地鐵：4號線會賢站
지하철 : 4호선 회현역

會話

A : 우리 남대문시장에 구경하러 가요 .
u.ri/nam.de*.mun.si.jang.e/gu.gyo*ng.
ha.ro*/ga.yo
我們去南大門市場逛逛吧。

B : 좋아요 . 김하고 유자차를 사고 싶어요 .
jo.a.yo//gim.ha.go/yu.ja.cha.reul/ssa.go/
si.po*.yo
好啊，我想買海苔和柚子茶。

A : 남대문시장은 호스텔에서 가까워서 우리
걸어서 가요 .
nam.de*.mun.si.jang.eun/ho.seu.te.re.so*/
ga.ga.wo.so*/u.ri/go*.ro*.so*/ga.yo
南大門市場離青年旅社很近，我們走路去吧。

B : 오케이 , 지금 바로 출발해요 .
o.ke.i//ji.geum/ba.ro/chul.bal.he*.yo
OK，現在馬上出發。

單字速查

아동의류　兒童服飾
a.dong.ui.ryu
숙녀의류　淑女服飾
sung.nyo*.ui.ryu
남성의류　男性服飾
nam.so*ng.ui.ryu
액세사리　飾品
e*k.sse.sa.ri
일용잡화　日用雜貨
i.ryong.ja.pwa
주방용품　廚房用品
ju.bang.yong.pum
민속공예　民俗工藝
min.sok.gong.ye
토산품　　土產品
to.san.pum
수입상품　進口商品
su.ip.ssang.pum

吃刀削麵
칼국수 먹기

韓順子奶奶手工刀削麵
한순자 할머니 손 칼국수 집
地址：首爾市中區南倉洞48-12
주소 : 서울시 중구 남창동 48-12

例句

실례지만 , 혹시 이 칼국수 맛집이 어디인지 아세요 ?
sil.lye.ji.man//hok.ssi/i/kal.guk.ssu/mat.jji.bi/o*.di.
in.ji/a.se.yo
不好意思，請問你知不知道這間刀削麵名店在哪裡？

이모 , 칼국수 두 그릇 주세요 .
i.mo//kal.guk.ssu/du/geu.reut/ju.se.yo
阿姨，請給我兩碗刀削麵。

맛있게 잘 먹었어요 . 고맙습니다 .
ma.sit.ge/jal/mo*.go*.sso*.yo//go.map.sseum.
ni.da
東西很好吃，謝謝！

吃豬腳
족발 먹기

順天大豬腳
순천왕족발
地址：首爾市中區南倉洞 34-123
주소 : 서울시 중구 남창동 34-123

例句

거기 족발 집이 있어요 . 가서 먹어 볼까요 ?
go*.gi/jok.bal/jji.bi/i.sso*.yo//ga.so*/mo*.go*/bol.
ga.yo
那邊有豬腳店，我們去吃好嗎？

여기 족발 먹으러 온 외국인이 참 많네요 .
yo*.gi/jok.bal/mo*.geu.ro*/on/we.gu.gi.ni/cham/
man.ne.yo
來這裡吃豬腳的外國人真多呢！

족발 소짜로 주세요 .
jok.bal/sso.jja.ro/ju.se.yo
請我們小份的豬腳。

이 족발 소스도 맛있어요 .
i/jok.bal/sso.seu.do/ma.si.sso*.yo
這個豬腳醬汁也很好吃。

저기요 , 마늘 좀더 주세요 .
jo*.gi.yo//ma.neul/jjom.do*/ju.se.yo
服務生，請再給我一點大蒜。

買名產
특산물 사기

例句

인삼을 사고 싶은데 여기 팝니까 ?
in.sa.meul/ssa.go/si.peun.de/yo*.gi/pam.ni.ga
我想買人參，這裡有賣嗎？

김하고 고추장을 사려고 합니다 .
gim.ha.go/go.chu.jang.eul/ssa.ryo*.go/ham.
ni.da
我想買海苔和辣椒醬。

김 좀 시식해 봐도 돼요 ?
gim/jom/si.si.ke*/bwa.do/dwe*.yo
海苔可以試吃嗎？

이 초콜릿은 무슨 맛이에요 ?
i/cho.kol.li.seun/mu.seun/ma.si.e.yo
這個巧克力是什麼味道？

이것은 고려인삼이에요 ?
i.go*.seun/go.ryo*.in.sa.mi.e.yo
這個是高麗人參嗎？

유자차 한 병에 얼마예요 ?
yu.ja.cha/han/byo*ng.e/o*l.ma.ye.yo
柚子茶一瓶多少錢？

김은 어떻게 팔아요 ?
gi.meun/o*.do*.ke/pa.ra.yo
海苔怎麼賣？

홍삼 제품으로 보여 주세요 .
hong.sam.je.pu.meu.ro/bo.yo*/ju.se.yo
請給我看紅參的製品。

이 인삼은 몇 년생이에요 ?
i/in.sa.meun/myo*t/nyo*n.se*ng.i.e.yo
這人參是幾年生的？

이렇게 많이 샀는데 인삼사탕 공짜로 주세요 .
i.ro*.ke/ma.ni/san.neun/de/in.sam.sa.tang/gong.
jja.ro/ju.se.yo
我買這麼多，人參糖免費送我吧。

單字速查

고려홍삼액　高麗紅參液
go.ryo*.hong.sa.me*k
감귤초콜릿　橘子巧克力
gam.gyul.cho.kol.lit
김초콜릿　海苔巧克力
gim.cho.kol.lit
막걸리　　米酒
mak.go*l.li
인삼사탕　人參糖
in.sam.sa.tang

買日用雜貨
일상잡화 사기

例句

저기 걸려 있는 모자 좀 보여 주세요 .
jo*.gi/go*l.lyo*/in.neun/mo.ja/jom/bo.yo*/ju.se.yo
請給我看看掛在那裡的帽子。

세일중인 목도리들이 어떤 건가요 ?
se.il.jung.in/mok.do.ri.deu.ri/o*.do*n/go*n.ga.yo
特價中的圍巾是哪些呢？

좀 써 봐도 되나요 ?
jom/sso*/bwa.do/dwe.na.yo
我可以用看看嗎？

다른 물건을 보여 주시겠어요 ?
da.reun/mul.go*.neul/bo.yo*/ju.si.ge.sso*.yo
可以拿其他的給我看嗎？

전시품은 있어요 ?
jo*n.si.pu.meun/i.sso*.yo
有展示品嗎？

저 그릇 좀 보여 주세요 .
jo*/geu.reut/jom/bo.yo*/ju.se.yo
請給我看那個盤子。

會話

A : 오빠에게 줄 선물은 뭐가 좋을까요 ?
o.ba.e.ge/jul/so*n.mu.reun/mwo.ga/jo.eul.
ga.yo

送哥哥的禮物什麼好呢 ?

B : 야구 모자나 지갑 같은 건 어떻습니까 ?
ya.gu/mo.ja.na/ji.gap/ga.teun/go*n/o*.do*.
sseum.ni.ga

送棒球帽或皮夾你覺得怎麼樣 ?

單字速查

모자　　帽子
mo.ja
야구모자　棒球帽
ya.gu.mo.ja
목도리　　圍巾
mok.do.ri
넥타이　　領帶
nek.ta.i
허리띠　　皮帶
ho*.ri.dl
장갑　　　手套
jang.gap
손수건　　手帕
son.su.go*n
스카프　　絲巾
seu.ka.peu

買飾品
액세서리 사기

例句

목걸이를 찾고 있어요 .
mok.go*.ri.reul/chat.go/i.sso*.yo
我在找項鍊。

귀걸이 하나 얼마예요 ?
gwi.go*.ri/ha.na/o*l.ma.ye.yo
耳環一個多少錢？

거울 있어요 ?
go*.ul/i.sso*.yo
有鏡子嗎？

제가 한 번 착용해 봐도 될까요 ?
je.ga/han/bo*n/cha.gyong.he*.bwa.do/dwel.ga.yo
我可以試戴看看嗎？

순은 귀걸이가 있습니까 ?
su.neun/gwi.go*.ri.ga/it.sseum.ni.ga
有純銀耳環嗎？

그 팔찌가 맘에 들어요 .
geu/pal.jji.ga/ma.me/deu.ro*.yo
我喜歡那條手鍊。

이 헤어핀은 예쁘네요.
i/he.o*.pi.neun/ye.beu.ne.yo
這個髮夾好美呢！

반지 끼어 봐도 돼요?
ban.ji/gi.o*/bwa.do/dwe*.yo
戒指可以試戴嗎？

많이 사면 할인해 주시나요?
ma.ni/sa.myo*n/ha.rin.he*/ju.si.na.yo
買多一點，會打折給我嗎？

커플링 좀 보고 싶은데요.
ko*.peul.ling/jom/bo.go/si.peun.de.yo
我想看情侶戒。

單字速查

반지　戒指
ban.ji
목걸이　項鍊
mok.go*.ri
귀걸이　耳環
gwi.go*.ri
브로치　胸針
beu.ro.chi

買工藝品
공예품 사기

例句

이 부채는 얼마예요 ?
i/bu.che*.neun/o*l.ma.ye.yo
這把扇子多少錢？

기념 티셔츠도 팝니까 ?
gi.nyo*m/ti.syo*.cheu.do/pam.ni.ga
這裡也有賣紀念 T 恤嗎？

친구들에게 줄 기념품을 사고 싶습니다 .
chin.gu.deu.re.ge/jul/gi.nyo*m.pu.meul/ssa.go/
sip.sseum.ni.da
我想買送給朋友的紀念品。

인기가 있는 기념품은 무엇입니까 ?
in.gi.ga/in.neun/gi.nyo*m.pu.meun/mu.o*.sim.
ni.ga
比較受歡迎的紀念品是什麼？

單字速查

기념품　　　紀念品
gi.nyo*m.pum
열쇠 고리　鑰匙圈
yo*l.swe/go.ri
기념 티셔츠　紀念 T 恤
gi.nyo*m/ti.syo*.cheu

엽서　　明信片
yo*p.sso*
노리개　　吊飾
no.ri.ge*
핸드폰줄　手機吊飾
he*n.deu.pon.jul
책갈피　　書籤
che*k.gal.pi
젓가락　筷子
jo*t.ga.rak
수저세트　湯匙筷子組
su.jo*.se.teu
양말　　　襪子
yang.mal
머리띠　　髮箍
mo*.ri.di
헤어핀　　髮夾
he.o*.pin
뱅글　　　手鐲
be*ng.geul
펜던트　　鍊墜
pen.do*n.teu
팔찌　　手鍊
pal.jji
발찌　　　腳鍊
bal.jji

買變色片
컬러렌즈 사기

例句

일회용 렌즈를 사고 싶어요 .
il.hwe.yong/ren.jeu.reul/ssa.go/si.po*.yo
我想買日拋。

1 년 착용렌즈로 보여 주세요 .
il.lyo*n/cha.gyong/nen.jeu.ro/bo.yo*/ju.se.yo
請給我看可以戴一年的鏡片。

3 만원 이하의 칼라렌즈를 보여 주세요 .
sam.ma.nwon/i.ha.ui/kal.la.ren.jeu.reul/bo.yo*/
ju.se.yo
請給我看三萬韓元以內的變色片。

여기 안경 수리는 가능합니까 ?
yo*.gi/an.gyo*ng/su.ri.neun/ga.neung.ham.ni.ga
這裡可以修理眼鏡嗎？

렌즈케이스는 공짜로 주시나요 ?
ren.jeu.ke.i.seu.neun/gong.jja.ro/ju.si.na.yo
隱形眼鏡盒是免費送的嗎？

안경테가 부러졌어요 . 고쳐 주세요 .
an.gyo*ng.te.ga/bu.ro*.jo*.sso*.yo//go.cho*/
ju.se.yo
眼鏡架斷掉了，請幫我修理。

이 안경이 저에게 잘 어울려요 ?
i/an.gyo*ng.i/jo*.e.ge/jal/o*.ul.lyo*.yo
這副眼鏡適合我嗎？

보존액 한 병 주세요 .
bo.jo.ne*k/han/byo*ng/ju.se.yo
請給我一瓶保存液。

시력 검사를 해 주세요 .
si.ryo*k/go*m.sa.reul/he*/ju.se.yo
請幫我檢查視力。

저는 근시입니다 .
jo*.neun/geun.si.im.ni.da
我近視。

우측은 -4.50 이고 좌측은 -3.00 입니다 .
u.cheu.geun/ma.i.no*.seu/sa.jjo*.mo.gong.i.go/
jwa.cheu.geun/ma.i.no*.seu/sam.jjo*.myo*ng.
yo*ng.im.ni.da
右邊是 -4.50 左邊是 -3.00。

선글라스 사고 싶은데 어디에 있어요 ?
so*n.geul.la.seu/sa.go/si.peun.de/o*.di.e/i.sso*.
yo
我想買墨鏡，在哪裡呢？

單字速查

안경가게   眼鏡行
an.gyo*ng.ga.ge

안경	眼鏡

안경　　　　　眼鏡
an.gyo*ng
안경렌즈　　鏡片
an.gyo*ng.nen.jeu
안경집　　　眼鏡盒
an.gyo*ng.jip
콘택트렌즈　隱形眼鏡
kon.te*k.teu.ren.jeu
컬러렌즈　　瞳孔放大片
ko*l.lo*.ren.jeu
렌즈공병　　小空瓶
ren.jeu.gong.byo*ng
렌즈케이스　隱形眼鏡盒
ren.jeu.ke.i.seu
안경 도수　　眼鏡度數
an.gyo*ng/do.su
선글라스　　太陽眼鏡
so*n.geul.la.seu
돋보기안경　老花眼鏡
dot.bo.gi.an.gyo*ng
렌즈집게　　鏡片夾
ren.jeu.jip.ge
소프트렌즈　軟性隱形眼鏡
so.peu.teu.ren.jeu
하드렌즈　　硬性隱形眼鏡
ha.deu.ren.jeu
흡입봉　　　吸棒
heu.bip.bong
보존액　　　保存護理液
bo.jo.ne*k
식염수　　　食鹽水
si.gyo*m.su

南大門崇禮門
남대문숭례문

位置：首爾市中區世宗大路40
위치：서울시 중구 세종대로 40
地鐵：4號線會賢站4號出口
지하철：4호선 회현역 4번 출구

例句

숭례문은 대한민국 국보 제 1 호입니다 .
sung.nye.mu.neun/de*.han.min.guk/guk.bo/je.il.
ho.im.ni.da
崇禮門是大韓民國國寶第一號。

숭례문은 흔히 남대문이라고 불려요 .
sung.nye.mu.neun/heun.hi/nam.de*.mu.ni.ra.go/
bul.lyo*.yo
崇禮門常被稱為南大門。

남대문은 2008 년에 화재로 붕괴되었어요 .
nam.de*.mu.neun/i.cho*n.pal.lyo*.ne/hwa.je*.
ro/bung.gwe.dwe.o*.sso*.yo
南大門在 2008 年因火災崩塌。

2013 년 5 월에 남대문 복원공사가 끝났어요 .
i.cho*n.sip.ssam.nyo*n/o.wo.re/nam.de*.mun/
bo.gwon.gong.sa.ga/geun.na.sso*.yo
2013 年 5 月南大門的復原工程完工。

숭례문은 조선시대 서울을 둘러쌌던 성곽의 정문이다.

sung.nye.mu.neun/jo.so*n.si.de*/so*.u.reul/dul.lo*.ssat.do*n/so*ng.gwa.gui/jo*ng.mu.ni.da

崇禮門是朝鮮時代時圍繞首爾的城門。

單字速查

국보　　國寶
guk.bo

조선시대　朝鮮時代
jo.so*n.si.de*

정문　　正門
jo*ng.mun

화재　　火災
hwa.je*

대한민국　大韓民國
de*.han.min.guk

남대문　南大門
nam.de*.mun

붕괴되다　崩塌、崩壞
bung.gwe.dwe.da

복원공사　復原工程
bo.gwon.gong.sa

끝나다　結束、完結
geun.na.da

明洞聖堂
명동성당

位置：首爾市中區明洞2街1-8號
위치 : 서울시 중구 명동2가 1-8
地鐵：4號線明洞站8號出口
지하철 : 4호선 명동역 8번 출구

例句

실례하지만 명동성당에 어떻게 가요 ?
sil.lye.ha.ji.man/myo*ng.dong.so*ng.dang.e/
o*.do*.ke/ga.yo
不好意思，請問明洞聖堂怎麼走？

명동성당은 고딕양식 건축이에요 .
myo*ng.dong.so*ng.dang.eun/go.di.gyang.sik/
go*n.chu.gi.e.yo
明洞聖堂是哥德式建築。

여기는 서울에서 아주 유명한 교회예요 .
yo*.gi.neun/so*.u.re.so*/a.ju/yu.myo*ng.han/gyo.
hwe.ye.yo
這裡是首爾很有名的教會。

저기 결혼하는 사람이 있네 . 살짝 보러 가자 .
jo*.gi/gyo*l.hon.ha.neun/sa.ra.mi/in.ne//sal.jjak/
bo.ro*/ga.ja
那裡有人在結婚耶！我們去看一下吧。

명동성당은 대한민국의 대표적인 로마 가톨릭 주교좌 성당이다.

myo*ng.dong.so*ng.dang.eun/de*.han.min. gu.gui/de*.pyo.jo*.gin/ro.ma/ga.tol.lik/ju.gyo.jwa/ so*ng.dang.i.da

明洞聖堂是大韓民國代表性的羅馬天主教主座聖堂。

單字速查

교회 gyo.hwe	教會
천주교 cho*n.ju.gyo	天主教
십자 sip.jja	十字
벽돌 byo*k.dol	壁磚
성모상 so*ng.mo.sang	聖母像
가톨릭교회 ga.tol.lik.gyo.hwe	天主教會
대성당 de*.so*ng.dang	大教堂
신부 sin.bu	神父
신자 sin.ja	信徒
미사 mi.sa	彌撒

明洞商街
명동거리

地鐵：4號線明洞站
지하철：4호선 명동역

例句

걸어서 명동까지 약 15 분정도 걸려요 .
go*.ro*.so*/myo*.ng.dong.ga.ji/yak/si.bo.bun.
jo*ng.do/go*l.lyo*.yo
走路到明洞大約要花 15 分鐘左右。

은행 옆에 관광 안내소가 있네 . 가서 물어보자 .
eun.he*ng/yo*.pe/gwan.gwang/an.ne*.so.ga/
in.ne//ga.so*/mu.ro*.bo.ja
銀行旁邊有觀光服務台耶！我們去問問吧！

여기는 여러가지의 길거리 음식이 있네요 .
yo*.gi.neun/yo*.ro*.ga.ji.ui/gil.go*.ri/eum.si.gi/
in.ne.yo
這裡有各式各樣的路邊小吃耶！

일본 관광객도 많군요 .
il.bon/gwan.gwang.ge*k.do/man.ku.nyo
日本觀光客也很多呢！

명동은 쇼핑의 천국이다 .
myo*ng.dong.eun/syo.ping.ui/cho*n.gu.gi.da
明洞是購物天堂。

單字速查

쇼핑	購物
syo.ping	
패션	時裝
pe*.syo*n	
화장품	化妝品
hwa.jang.pum	
롯데백화점	樂天百貨公司
rot.de.be*.kwa.jo*m	
면세점	免稅店
myo*n.se.jo*m	
길거리 음식	路邊小吃
gil.go*.ri/eum.sik	

換錢
환전할 때

例句

여기서 돈을 바꿀 수 있습니까 ?
yo*.gi.so*/do.neul/ba.gul/su/it.sseum.ni.ga
這裡可以換錢嗎？

제일 가까운 환전소가 어디죠 ?
je.il/ga.ga.un/hwan.jo*n.so.ga/o*.di.jyo
最近的換錢所在哪裡？

오늘 환율은 얼마죠 ?
o.neul/hwa.nyu.reun/o*l.ma.jyo
今天匯率多少？

달러를 한국돈으로 바꾸고 싶은데 오늘 환율이 어떻게 돼요 ?
dal.lo*.reul/han.guk.do.neu.ro/ba.gu.go/si.peun.de/o.neul/hwa.nyu.ri/o*.do*.ke/dwe*.yo
我想把美金換成韓幣，今天匯率是多少？

어떻게 바꿔 드릴까요 ? 모두 5 만원짜리로 바꿔 드릴까요 ?
o*.do*.ke/ba.gwo/deu.ril.ga.yo//mo.du/o.ma.nwon.jja.ri.ro/ba.gwo/deu.ril.ga.yo
錢要怎麼幫您換呢？全部都幫您換成五萬韓幣紙鈔嗎？

이걸 한국돈으로 환전해 주세요 .
i.go*l/han.guk.do.neu.ro/hwan.jo*n.he*/ju.se.yo
請幫我把這個換成韓幣。

모두 만원짜리로 바꿔 주세요.
mo.du/ma.nwon.jja.ri.ro/ba.gwo/ju.se.yo
請全部幫我換成萬元紙鈔。

200 달러를 한국 돈으로 바꿔 주세요.
i.be*k.dal.lo*.reul/han.guk/do.neu.ro/ba.gwo/
ju.se.yo
請把 200 美元換成韓幣。

환전을 하려면 어디로 가야 하죠?
hwan.jo*.neul/ha.ryo*.myo*n/o*.di.ro/ga.ya/
ha.jyo
換錢要到哪裡換？

（單字速查）

한화 han.hwa	韓幣
대만달러 de*.man.dal.lo*	新台幣
대만돈 de*.man.don	台幣
인민폐 in.min.pye	人民幣
엔화 en.hwa	日幣
달러 dal.lo*	美元
환율 hwa.nyul	匯率

買衣服
옷 사기

例句

청바지를 찾고 있습니다 .
cho*ng.ba.ji.reul/chat.go/it.sseum.ni.da
我在找牛仔褲。

저 짧은 치마 좀 보여 주세요 .
jo*/jjal.beun/chi.ma/jom/bo.yo*/ju.se.yo
請給我看看那件短裙。

입어봐도 될까요 ?
i.bo*.bwa.do/dwel.ga.yo
我可以試穿嗎？

탈의실은 어디에 있습니까 ?
ta.rui.si.reun/o*.di.e/it.sseum.ni.ga
請問試衣間在哪裡？

세탁하면 퇴색하지 않나요 ?
se.ta.ka.myo*n/twe.se*.ka.ji/an.na.yo
洗了不會退色嗎？

저기요 , 거울이 어디에 있어요 ?
jo*.gi.yo//go*.u.ri/o*.di.e/i.sso*.yo
請問鏡子在哪裡？

더 큰 사이즈가 있나요 ?
do*/keun/sa.i.jeu.ga/in.na.yo
有再大一點的尺寸嗎？

單字速查

셔츠	syo*.cheu	襯衫
와이셔츠	wa.i.syo*.cheu	白襯衫
체크무늬 셔츠	che.keu.mu.ni/syo*.cheu	格紋襯衫
폴로셔츠	pol.lo.syo*.cheu	POLO衫
티셔츠	ti.syo*.cheu	T恤
스웨터	seu.we.to*	毛衣
조끼	jo.gi	背心
외투	we.tu	外套
코트	ko.teu	大衣外套
캐주얼	ke*.ju.o*l	休閒服

買鞋子
신발 사기

例句

여기 운동화도 파나요 ?
yo*.gi/un.dong.hwa.do/pa.na.yo
這裡也有賣運動鞋嗎？

이 구두를 신어봐도 될까요 ?
i/gu.du.reul/ssi.no*.bwa.do/dwel.ga.yo
我可以試穿這雙皮鞋嗎？

더 큰 사이즈가 있나요 ?
do*/keun/sa.i.jeu.ga/in.na.yo·
有再大一點的尺寸嗎？

더 작은 사이즈를 보여 주시겠어요 ?
do*/ja.geun/sa.i.jeu.reul/bo.yo*/ju.si.ge.sso*.yo
可以拿再小一點的給我看看嗎？

이 신발로 275 사이즈 있어요 ?
i/sin.bal.lo/i.be*k.chil.si.bo.sa.i.jeu/i.sso*.yo
這雙鞋有 275 號嗎？

신어봐도 돼요 ?
si.no*.bwa.do/dwe*.yo
可以試穿嗎？

이거 한 켤레 주세요 .
i.go*/han/kyo*l.le/ju.se.yo
我要買一雙這個。

會話

A : 신발이 잘 맞습니까?
　　sin.ba.ri/jal/mat.sseum.ni.ga
　　鞋子合腳嗎？

B : 네 , 잘 맞아요 .
　　ne///jal/ma.ja.yo
　　很合腳。

單字速查

신발　**鞋子**
sin.bal
구두　**皮鞋**
gu.du
슬리퍼　**拖鞋**
seul.li.po*
샌들　**涼鞋**
se*n.deul
부츠　**靴子**
bu.cheu
헝겊신　**布鞋**
ho*ng.go*p.ssin
롱부츠　**長筒靴**
rong.bu.cheu
하이힐　**高跟鞋**
ha.i.hil

吃安東燉雞
안동찜닭 먹기

例句

안동찜닭은 많이 매워요?
an.dong.jjim.dal.geun/ma.ni/me*.wo.yo
安東燉雞很辣嗎？

안 매운 걸로 해 주세요.
an/me*.un/go*l.lo/he*/ju.se.yo
請幫我煮不辣的。

당면은 좀 잘라 주세요.
dang.myo*.neun/jom/jal.la/ju.se.yo
請幫我剪一下冬粉。

공기밥 세 개 주세요.
gong.gi.bap/se/ge*/ju.se.yo
請給我三碗飯。

물 더 주시겠어요?
mul/do*/ju.si.ge.sso*.yo
可以再給我水嗎？

買化妝品
화장품 사기

美妝店 1：ETUDE HOUSE
에뛰드하우스

地址：首爾市中區明洞路27-1
주소：서울시 중구 명동길 27-1
品名：
수분 가득 로션
水分超保濕乳液
su.bun/ga.deuk/ro.syo*n
진주알 수분 메이크업 에센스
珍珠保濕妝前精華
jin.ju.al/ssu.bun/me.i.keu.o*p/e.sen.seu
해피 티타임 클렌징폼
開心下午茶洗面乳
he*.pi/ti.ta.im/keul.len.jing.pom
콜라겐 크림
膠原蛋白保濕霜
kol.la.gen/keu.rim

單字速查

메이크업　化妝
me.i.keu.o*p
립스틱　口紅
rip.sseu.tik
볼터치　腮紅
bol.to*.chi
아이섀도　眼影
a.i.sye*.do
썬크림　防曬乳
sso*n.keu.rim

美妝店 2：Innisfree
이니스프리

地址：首爾市中區明洞路15
주소 : 서울시 중구 명동길 15

品名：
제화이트 톤업 로션

嫩白乳液
je.hwa.i.teu/to.no*p/ro.syo*n
주한란 나이트 크림

濟州島蘭花晚霜
ju.hal.lan/na.i.teu/keu.rim
더 그린티 씨드 세럼

綠茶籽保濕精華
do*/geu.rin.ti/ssi.deu/se.ro*m
애플쥬이시 클렌징오일

青蘋果潔顏油
e*.peul.jjyu.i.si/keul.len.jing.o.il

單字速查

립 라이너	唇線筆
rip/ra.i.no*	
립글로스	唇蜜
rip.geul.lo.seu	
인조눈썹	假睫毛
in.jo.nun.sso*p	
아이브로 펜슬	眉筆
a.i.beu.ro/pen.seul	
눈썹집게	睫毛夾
nun.sso*p.jjip.ge	

美妝店 3：TONY MOLY
토니모리

地址：首爾市中區明洞8路43-1
주소：서울시 중구 명동8길 43-1

品名：
알로에 마스크 시트

純淨蘆薈保濕面膜
al.lo.e/ma.seu.keu/si.teu
캐비어 마스크 시트

魚子醬營養面膜
ke*.bi.o*/ma.seu.keu/si.teu
루미너스 순수광채 CC크림

完美女神CC霜
ru.mi.no*.seu/sun.su.gwang.che*/CC.keu.rim
에그포어 딥 클렌징 폼

粉刺調理洗面乳
e.geu.po.o*/dip/keul.len.jing/pom

單字速查

브러쉬 beu.ro*.swi	腮紅刷
콤팩트 kom.pe*k.teu	粉餅
분첩 bun.cho*p	粉撲
메이크업 베이스 me.i.keu.o*p/be.i.seu	隔離霜、打底霜
파운데이션 pa.un.de.i.syo*n	粉底液

美妝店 4：MISSHA
미샤

地址：首爾市中區明洞路26
주소 : 서울시 중구 명동길26

品名：
셀 리뉴 스네일 크림

全效蝸牛修護霜
sel/ri.nyu/seu.ne.il/keu.rim
메가 EX−볼륨 마스카라

頂級EX濃密睫毛膏
me.ga/EX.bol.lyum/ma.seu.ka.ra
퍼펙트 커버 비비크림

完美無瑕BB霜
po*.pek.teu/ko*.bo*/bi.bi.keu.rim
시그너처 벨벳 아트 새도우

幻金凝彩絲絨眼影
si.geu.no*.cho*/bel.bet/a.teu/sye*.do.u

單字速查

아이라이너	眼線筆
a.i.ra.i.no*	
마스카라	睫毛膏
ma.seu.ka.ra	
에센스	精華液
e.sen.seu	
스킨	化妝水
seu.kin	
로션	乳液
ro.syo*n	

美妝店 5：SKIN FOOD
스킨푸드

> **地址：首爾市中區明洞路26**
> 주소：서울시 중구 명동길26
>
> **品名：**
> 복분자 토너
>
> **覆盆子化妝水**
> bok.bun.ja/to.no*
> 골드키위 세럼
>
> **黃金奇異果精華**
> gol.deu.ki.wi/se.ro*m
> 연어 브라이트닝 아이 세럼
>
> **鮭魚亮白眼部精華液**
> yo*.no*/beu.ra.i.teu.ning/a.i/se.ryo*m
> 맥주 버블 클렌징 폼
>
> **啤酒潔顏慕斯**
> me*k.jju/bo*.beul/keul.len.jing/pom

單字速查

아이크림 a.i.keu.rim	眼霜
립 케어 rip/ke.o*	護唇膏
마스크 팩 ma.seu.keu/pe*k	面膜
모이스쳐 크림 mo.i.seu.cho*/keu.rim	保濕霜
핸드크림 he*n.deu.keu.rim	護手霜

美妝店 6：菲詩小舖
더페이스샵

> **地址：首爾市中區明洞路1 街54-10**
> 주소 : 서울시 중구 명동1가 54-10
> **品名：**
> 체리블라썸 샴푸
> **櫻花豐澤洗髮乳**
> che.ri.beul.la.sso*m/syam.pu
> 허니유자티 모이스처 바디로션
> **蜜柚茶身體乳液**
> ho*.ni.yu.ja.ti/mo.i.seu.cho*/ba.di.ro.syo*n
> 핸드메이드 숍 알로에
> **手工蘆薈香皂**
> he*n.deu.me.i.deu/sop/al.lo.e
> 블루베리 마스크
> **藍莓面膜**
> beul.lu.be.ri/ma.seu.keu

例句

립스틱을 골라 주시겠어요 ?
rip.sseu.ti.geul/gol.la/ju.si.ge.sso*.yo
可以幫我挑選口紅嗎？

요즘 제일 잘 팔리는 마스카라는 뭐예요 ?
yo.jeum/je.il/jal/pal.li.neun/ma.seu.ka.ra.neun/
mwo.ye.yo
最近賣得最好的睫毛膏是什麼？

보습 크림은 어디에 있어요 ?
bo.seup/keu.ri.meun/o*.di.e/i.sso*.yo
請問保濕霜在哪裡？

비비크림 샘플 좀 주시겠어요 ?
bi.bi.keu.rim/se*m.peul/jom/ju.si.ge.sso*.yo
可以給我 BB 霜的試用包嗎？

매니큐어는 지금 세일 중입니까 ?
me*.ni.kyu.o*.neun/ji.geum/se.il/jung.im.ni.ga
指甲油現在在打折嗎？

겨울철 피부관리는 어떻게 해야 하나요 ?
gyo*.ul.cho*l/pi.bu.gwal.li.neun/o*.do*.ke/he*.
ya/ha.na.yo
冬天的時候應該怎麼保養呢？

會話

A : 아이섀도우 좀 추천해 주세요 .
　　a.i.sye*.do.u/jom/chu.cho*n.he*/ju.se.yo
　　請推薦眼影給我。

B : 이건 요즘 제일 인기 있는 컬러입니다 .
　　i.go*n/yo.jeum/je.il/in.gi/in.neun/ko*l.lo*.im.ni.
　　da
　　這是最近很受歡迎的顏色。

A : 한 번 발라 봐도 돼요 ?
　　han/bo*n/bal.la/bwa.do/dwe*.yo
　　我可以試擦嗎？

B : 네 , 발라 보세요 .
　　ne//bal.la/bo.se.yo
　　可以，擦看看吧。

單字速查

바디클렌저　　沐浴乳
ba.di.keul.len.jo*

클렌징 오일　　卸妝油
keul.len.jing/o.il

페이셜 클렌징　洗面乳
pe.i.syo*l/keul.len.jing

샴푸　　　　　　洗髮精
syam.pu

린스　　　　　　潤髮乳
rin.seu

컨디셔너　　　　護髮乳
ko*n.di.syo*.no*

헤어크림　　　　護髮油
he.o*.keu.rim

포마드　　　　　髮油
po.ma.deu

눈썹칼　　　　　修眉刀
nun.sso*p.kal

손톱깍기　　　　指甲刀
son.top.gak.gi

손톱줄　　　　　指甲銼刀
son.top.jjul

매니큐어　　　　指甲油
me*.ni.kyu.o*

아세톤　　　　　卸甲液
a.se.ton

향수　　　　　　香水
hyang.su

화장솜　　　　　化妝棉
hwa.jang.som

路邊小吃
길거리 음식

例句

떡볶이 하나 주세요 .
do*k.bo.gi/ha.na/ju.se.yo
請給我一份辣炒年糕。

유부 2 개 주세요 .
yu.bu/du/ge*/ju.se.yo
請給我兩個油豆腐。

아주머님 , 여기 우동 한 그릇 주세요 .
a.ju.mo*.nim/yo*.gi/u.dong/han/geu.reut/ju.se.
yo
阿姨，請給我一碗烏龍麵。

오뎅 하나하고 떡볶이 일인분 주세요 .
o.deng/ha.na.ha.go/do*k.bo.gi/i.rin.bun/ju.se.yo
請給我一個黑輪和一人份的辣炒年糕。

아주머님 , 이거 좀 데워 주세요 .
a.ju.mo*.nim/i.go*/jom/de.wo/ju.se.yo
阿姨，這個幫我熱一下。

국물을 많이 주십시오 .
gung.mu.reul/ma.ni/ju.sip.ssi.o
湯請給我多一點。

아저씨 , 순대 일인분 주세요 .
a.jo*.ssi//sun.de*/i.rin.bun/ju.se.yo
大叔，給我一人份的糯米腸。

여기서 먹겠습니다 .
yo*.gi.so*/mo*k.get.sseum.ni.da
我要在這裡吃。

싸 가져가려고 합니다 .
ssa/ga.jo*.ga.ryo*.go/ham.ni.da
我要帶走。

여기 파전 있습니까 ?
yo*.gi/pa.jo*n/it.sseum.ni.ga
這裡有沒有賣煎蔥餅？

단字速查

우동	烏龍麵
u.dong	
순대	黑大腸
sun.de*	
오뎅	黑輪、關東煮
o.deng	
튀김	炸物
twi.gim	
닭꼬치	雞肉串
dak.go.chi	
양꼬치구이	烤羊肉串
yang.go.chi.gu.i	

觀光服務台
관광안내소

例句

이 근처에 화장실이 있어요?
i/geun.cho*.e/hwa.jang.si.ri/i.sso*.yo
這附近有廁所嗎？

밤에 놀러 가 볼만 한 곳이 있어요?
ba.me/nol.lo*/ga/bol.man/han/go.si/i.sso*.yo
晚上有值得一去的地方嗎？

여기서 꼭 먹어야 하는 음식은 뭐예요?
yo*.gi.so*/gok/mo*.go*.ya/ha.neun/eum.si.geun/
mwo.ye.yo
這裡一定要吃的東西是什麼？

젊은이들이 주로 모이는 곳은 어디예요?
jo*l.meu.ni.deu.ri/ju.ro/mo.i.neun/go.seun/o*.di.
ye.yo
年輕人主要聚集的地方在哪裡？

그 곳에서 무엇을 볼 수 있습니까?
geu/go.se.so*/mu.o*.seul/bol/su/it.sseum.ni.ga
在那裡可以看到什麼？

어느 지역에 위치하고 있습니까?
o*.neu.ji.yo*.ge/wi.chi.ha.go/it.sseum.ni.ga
位於哪個地方？

會話

A : 서울 시내를 한 눈에 볼 수 있는 곳이
어디에요?
so*.ul.si.ne*.reul/han/nu.ne/bol/su/in.neun/
go.si/o*.di.ye.yo

可以看到首爾市區全景的地方在哪裡?

B : 서울타워에 가 보셨어요? 거기서 야경을
볼 수 있습니다.
so*.ul.ta.wo.e/ga/bo.syo*.sso*.yo//go*.gi.so*/
ya.gyo*ng.eul/bol/su/it.sseum.ni.da

您去過首爾塔了嗎?那裡可以看得到夜景。

A : 어떻게 가요?
o*.do*.ke/ga.yo

要怎麼去呢?

B : 명동역 삼번 출구 근처에 케이블카 타는 곳이
있습니다. 케이블카를 타고 올라가면
10분정도 도착할 수 있습니다.
myo*ng.dong.yo*k/sam.bo*n/chul.gu/geun.
cho*.e/ke.i.beul.ka/ta.neun/go.si/it.sseum.ni.
da//ke.i.beul.ka.reul/ta.go/ol.la.ga.myo*n/sip.
bun.jo*ng.do/do.cha.kal/ssu/it.sseum.ni.da

明洞站三號出口附近有搭乘纜車的地方。
搭纜車上去,十分鐘左右就會到了。

A : 감사합니다.
gam.sa.ham.ni.da

謝謝。

單字速查

케이블카　纜車
ke.i.beul.ka

야경　　夜景
ya.gyo*ng

남산공원　南山公園
nam.san.gong.won

지역　　地區
ji.yo*k

위치　　位置
wi.chi

놀다　　玩
nol.da

젊은이　年輕人
jo*l.meu.ni

경치　　風景
gyo*ng.chi

자물쇠　鎖
ja.mul.swe

전망대　瞭望台
jo*n.mang.de*

레스토랑　餐廳
re.seu.to.rang

樂天百貨免稅店
롯데백화점 면세점

位置：首爾市中區南大門路81
위치：서울시 중구 남대문로81
地鐵：4號線明洞站5號出口
지하철：4호선 명동역 5번 출구

例句

우리 면세점 코너에 들를까요 ?
u.ri/myo*n.se.jo*m/ko.no*.e/deul.leul.ga.yo
我們要不要順道去免稅店區看看 ?

여기 중국어 할 줄 아는 분이 계세요 ?
yo*.gi/jung.gu.go*/hal/jjul/a.neun/bu.ni/gye.se.yo
這裡有會說中文的人嗎 ?

이 썬크림이 얼마예요 ?
i/sso*n.keu.ri.mi/o*l.ma.ye.yo
這瓶防曬乳多少錢 ?

따로 따로 포장해 주세요 .
da.ro/da.ro/po.jang.he*/ju.se.yo
請幫我分開包裝。

종이 봉투 하나 더 주시겠어요 ?
jong.i/bong.tu/ha.na/do*/ju.si.ge.sso*.yo
可以再給我一個紙袋嗎 ?

이거 하나에 얼마입니까 ?
i.go*/ha.na.e/o*l.ma.im.ni.ga
這個一個多少錢？

술은 몇 병까지가 면세가 돼요 ?
su.reun/myo*t/byo*ng.ga.ji.ga/myo*n.se.ga/
dwe*.yo
免稅的酒可以買幾瓶呢？

이 할인쿠폰은 사용할 수 있어요 ?
i/ha.rin.ku.po.neun/sa.yong.hal/ssu/i.sso*.yo
這張折扣券可以用嗎？

라네즈 코너는 어디에 있어요 ?
ra.ne.jeu/ko.no*.neun/o*.di.e/i.sso*.yo
請問 LANEIGE 專櫃在哪裡呢？

어디서 세금을 돌려 받을 수 있어요 ?
o*.di.so*/se.geu.meul/dol.lyo*/ba.deul/ssu/i.sso*.
yo
在哪裡可以退稅呢？

會話一

A : 면세점은 몇 층에 있습니까 ?
myo*n.se.jo*.meun/myo*t/cheung.e/
it.sseum.ni.ga
請問免稅店在幾樓？

B : 10 층에 있습니다 .
sip.cheung.e/it.sseum.ni.da
在 10 樓。

會話二

A：계산은 달러로 할 수 있습니까?
gye.sa.neun/dal.lo*.ro/hal.ssu.it.sseum.ni.ga
可以用美金付款嗎?

B：네 , 할 수 있습니다 .
ne//hal.ssu.it.sseum.ni.da
可以。

單字速查

백화점 **百貨公司**
be*.kwa.jo*m
면세점 **免稅店**
myo*n.se.jo*m
명품 **名牌**
myo*ng.pum
층 **樓**
cheung

N 首爾塔
N 서울타워

> **位置：首爾市龍山區南山公園路105**
> 위치 : 서울시 용산구 남산공원길 105
> **交通1：在明洞站3號出口換乘5號南山**
> **循環巴士**
> 교통1 : 명동역 3번 출구에서
> 남산순환버스 5번 환승
> **交通2：明洞站3號出口往中國領事館方**
> **向徒步約10分鐘之處，搭乘南山**
> **玻璃電梯、南山纜車**
> 교통2 : 명동역 3번 출구에서 중국영사관
> 방면으로 약 10분간 도보 후 남산
> 오르미, 남산 케이블카 이용

例句

N 서울타워는 서울의 상징입니다 .
en.so*.ul.ta.wo.neun/so*.u.rui/sang.jing.im.ni.da
N 首爾塔是首爾的象徵。

서울에 오면 당연히 서울타워 전망대에 가 봐
야죠 .
so*.u.re/o.myo*n/dang.yo*n.hi/so*.ul.ta.wo/jo*n.
mang.de*.e/ga/bwa.ya.jyo
來到了首爾，當然要去一趟首爾塔的瞭望台囉！

서울타워는 남산에 있어서 남산타워라고도 불
러요 .
so*.ul.ta.wo.neun/nam.sa.ne/i.sso*.so*/nam.san.
ta.wo.ra.go.do/bul.lo*.yo
首爾塔位於南山，因此又稱為南山塔。

서울타워 안에 식당 , 전시관 , 기념품점 , 카페
등이 설치되어 있다 .
so*.ul.ta.wo/a.ne/sik.dang//jo*n.si.gwan//
gi.nyo*m.pum.jo*m//ka.pe/deung.i/so*l.chi.dwe.
o*/it.da
首爾塔裡設有餐廳、展覽館、紀念品店、咖啡廳等。

전망대에서 서울 시내 전역을 내려다 볼 수 있
다 .
jo*n.mang.de*.e.so*/so*.ul/si.ne*/jo*.nyo*.geul/
ne*.ryo*.da/bol/su.it.da
可以在瞭望台欣賞到首爾市區全景。

여기도 연인들이 자주 오는 데이트 장소예요 .
yo*.gi.do/yo*.nin.deu.ri/ja.ju/o.neun/de.i.teu/jang.
so.ye.yo
這裡也是戀人們很常來的約會場所。

回飯店
호텔로 돌아가기

例句

시간이 많이 늦었는데 호텔에 돌아갈까요？
si.ga.ni/ma.ni/neu.jo*n.neun.de/ho.te.re/do.ra.
gal.ga.yo
時間很晚了，我們要回飯店了嗎？

호텔에 돌아가기 전에 야식이나 살까요？
ho.te.re/do.ra.ga.gi/jo*.ne/ya.si.gi.na/sal.ga.yo
回飯店前，要不要買個消夜？

여기서 버스 타면 호텔에 갈 수 있어요．
yo*.gi.so*/bo*.seu/ta.myo*n/ho.te.re/gal/ssu/
i.sso*.yo
在這裡搭公車，可以回飯店。

單字速查

프런트데스크　服務台
peu.ro*n.teu.de.seu.keu
룸 서비스　　客房服務
rum/so*.bi.seu
모닝콜 서비스　叫醒服務
mo.ning.kol/so*.bi.seu
세탁 서비스　洗衣服務
se.tak/so*.bi.seu
계단　　　　樓梯
gye.dan
엘리베이터　電梯
el.li.be.i.to*

平價住宿推薦－明洞附近

住宿推薦 1：明洞 Guest House

명동 게스트 하우스

位置：首爾市中區南山洞3街17號
위치 : 서울시 중구 남산동3가 17번지

地鐵：4號線明洞站1號出口
지하철 : 4호선 명동역 1번 출구

電話號碼：+82-2-755-5437
전화번호 : +82-2-755-5437

網頁：http://www.mdguesthouse.com
홈페이지 : http://www.mdguesthouse.com

住宿推薦 2：首爾青年旅店

서울유스호스텔

位置：首爾市中區藝場洞山4-5
위치 : 서울시 중구 예장동산4-5

地鐵：4號線明洞站1號出口
지하철 : 4호선 명동역 1번 출구

電話號碼：+82-2-319-1318
전화번호 : +82-2-319-1318

網頁：http://www.seoulyh.go.kr
홈페이지 : http://www.seoulyh.go.kr

남산 게스트 하우스

位置：首爾市中區南山洞2街 50-1號
위치：서울시 중구 남산동2가 50-1번지
地鐵：4號線明洞站3號出口
지하철：4호선 명동역 3번 출구
電話號碼：+82-2-752-6363
전화번호：+82-2-752-6363
網頁：http://www.namsanguesthouse.com
홈페이지：http://www.namsanguesthouse.
com

位置：首爾市中區藝場洞 8-14號
위치：서울시 중구 예장동 8-14번지
地鐵：4號線明洞站3號出口
지하철：4호선 명동역 3번 출구
電話號碼：+82-2-218-8808
전화번호：+82-2-218-8808
網頁：http://www.seoultowerville.com
홈페이지：http://www.seoultowerville.com

Unit2 第二天
두번째날

吃早餐
아침 먹기

例句

빨리 일어나 . 아침 먹자 .
bal.li/i.ro*.na//a.chim/mo*k.jja
快點起床，我們吃早餐吧。

아침 뭘 먹을까 ?
a.chim/mwol/mo*.geul.ga
早餐吃什麼好呢？

근처에 한식집 하나 있는데 거기서 아침을 먹어요 .
geun.cho*.e/han.sik.jjip/ha.na/in.neun.de/go*.gi.so*/a.chi.meul/mo*.go*.yo
附近有一家韓式料理店，我們在那吃早餐吧。

나 방금 김밥 한 줄 먹었어요 .
na/bang.geum/gim.bap/han/jul/mo*.go*.sso*.yo
我剛才吃了一條紫菜飯捲。

搭地鐵
지하철 타기

例句

이 근처에 지하철 역이 있나요?
i/geun.cho*.e/ji.ha.cho*l/yo*.gi/in.na.yo
請問這附近有地鐵站嗎?

지하철 노선도 있습니까?
ji.ha.cho*l/no.so*n.do/it.sseum.ni.ga
有地鐵路線圖嗎?

자동매표기가 어디에 있습니까?
ja.dong.me*.pyo.gi.ga/o*.di.e/it.sseum.ni.ga
自動售票機在哪裡?

표를 사는 것을 좀 도와 주시겠어요?
pyo.reul/ssa.neun/go*.seul/jjom/do.wa/ju.si.
ge.sso*.yo
可以幫忙我買票嗎?

어디에서 갈아타야 합니까?
o*.di.e.so*/ga.ra.ta.ya/ham.ni.ga
我應該在哪裡換車?

지하철 역으로 가는 길을 가르쳐 주시겠어요?
ji.ha.cho*l/yo*.geu.ro/ga.neun/gi.reul/ga.reu.
cho*/ju.si.ge.sso*.yo
可以告訴我怎麼去地鐵站嗎?

그 곳을 지하철로 갈 수 있어요?
geu/go.seul/jji.ha.cho*l.lo/gal/ssu/i.sso*.yo
搭地鐵會到那個地方嗎?

남대문 시장에 가려면 몇 번 출구예요?
nam.de*.mun/si.jang.e/ga.ryo*.myo*n/myo*t/
bo*n/chul.gu.ye.yo
去南大門市場要從幾號出口出去呢?

1 번 출구로 나가세요.
il.bo*n/chul.gu.ro/na.ga.se.yo
請從 1 號出口出去。

몇 호선을 타야 합니까?
myo*t/ho.so*.neul/ta.ya/ham.ni.ga
該搭幾號線呢?

환승해야 하나요?
hwan.seung.he*.ya/ha.na.yo
要換乘嗎?

서울역에서 갈아타세요.
so*.ul.lyo*.ge.so*/ga.ra.ta.se.yo
請在首爾站換車。

몇 시가 막차인가요?
myo*t/si.ga/mak.cha.in.ga.yo
末班車是幾點?

다음 역은 어디인가요?
da.eum/yo*.geun/o*.di.in.ga.yo
下一站是哪裡?

12 번 출구는 어디입니까 ?
si.bi.bo*n/chul.gu.neun/o*.di.im.ni.ga
12 號出口在哪裡？

이 색은 몇 호선입니까 ?
i/se*.geun/myo*t/ho.so*.nim.ni.ga
這個顏色是幾號線？

사호선입니다 .
sa.ho.so*.nim.ni.da
是四號線。

이것은 환승역 표시입니까 ?
i.go*.seun/hwan.seung.yo*k/pyo.si.im.ni.ga
請問這是換乘站的標示嗎？

표시판을 따라 가세요 .
pyo.si.pa.neul/da.ra/ga.se.yo
請跟著標示牌走。

지하철 안에서 음식을 먹을 수 있습니까 ?
ji.ha.cho*l/a.ne.so*/eum.si.geul/mo*.geul/ssu/
it.sseum.ni.ga
地鐵內可以吃東西嗎？

티머니 카드는 어디서 충전하나요 ?
ti.mo*.ni/ka.deu.neun/o*.di.so*/chung.jo*n.
ha.na.yo
T-money（交通卡）要在哪裡儲值？

티머니 카드는 어떻게 충전하나요 ?

ti.mo*.ni/ka.deu.neun/o*.do*.ke/chung.jo*n.
ha.na.yo

T-money（交通卡）要怎麼儲值呢？

單字速查

환승역 hwan.seung.yo*k	換乘站
손잡이 son.ja.bi	手拉環
호선 ho.so*n	～號線
타다 ta.da	搭車
내리다 ne*.ri.da	下車
기다리다 gi.da.ri.da	等候

青瓦台
청와대

> **位置：首爾市鐘路區世宗路1**
> 위치 : 서울시 종로구 세종로1
> **地鐵：3號線景福宮站5號出口**
> 지하철 : 3호선 경복궁역 5번 출구

例句

청와대는 대한민국 대통령 관저입니다 .
cho*ng.wa.de*.neun/de*.han.min.guk/de*.tong.
nyo*ng/gwan.jo*.im.ni.da
青瓦台是韓國的總統官邸。

관람은 무료입니다 .
gwal.la.meun/mu.ryo.im.ni.da
免費參觀。

음식물 반입은 안 됩니다 .
eum.sing.mul/ba.ni.beun/an/dwem.ni.da
不可攜帶食物進入。

동영상 촬영은 금지됩니다 .
dong.yo*ng.sang/chwa.ryo*ng.eun/geum.
ji.dwem.ni.da
禁止拍攝影片。

사진 촬영은 지정된 장소에서만 가능합니다 .
sa.jin/chwa.ryo*ng.eun/ji.jo*ng.dwen/jang.
so.e.so*.man/ga.neung.ham.ni.da
只有特定場所才可以拍照。

청와대도 드라마에서 자주 나오는 촬영명소예요.

cho*ng.wa.de*.do/deu.ra.ma.e.so*/ja.ju/
na.o.neun/chwa.ryo*ng.myo*ng.so.ye.yo

青瓦台也是常出現在連續劇中的著名拍攝景點。

단字速查

대통령　總統
de*.tong.nyo*ng
정치　政治
jo*ng.chi
청색　青色
cho*ng.se*k
기와지붕　屋瓦
gi.wa.ji.bung

景福宮
경복궁

位置：首爾市鐘路區世宗路1
위치 : 서울시 종로구 세종로1
地鐵：3號線景福宮站5號出口
지하철 : 3호선 경복궁역 5번 출구

例句

표 파는 곳은 어디입니까?
pyo/pa.neun/go.seun/o*.di.im.ni.ga
請問售票處在哪裡？

경복궁은 화요일에 휴관합니다.
gyo*ng.bok.gung.eun/hwa.yo.i.re/hyu.gwan.ham.
ni.da
景福宮星期二休館。

우리 왕궁수문장 교대의식을 보러 가자.
u.ri/wang.gung.su.mun.jang/gyo.de*.ui.si.geul/
bo.ro*/ga.ja
我們去看王宮守門將換班儀式吧。

어디서 한복을 입어볼 수 있어요?
o*.di.so*/han.bo.geul/i.bo*.bol/su/i.sso*.yo
請問哪裡可以試穿韓服呢？

한복체험은 무료입니까?
han.bok.che.ho*.meun/mu.ryo.im.ni.ga
韓服體驗是免費的嗎？

중국어 안내는 몇 시부터예요 ?
jung.gu.go*/an.ne*.neun/myo*t/si.bu.to*.ye.yo
中文導覽從幾點開始呢？

경회루를 구경하려면 인터넷으로 예약하세
요 .
gyo*ng.hwe.ru.reul/gu.gyo*ng.ha.ryo*.myo*n/
in.to*.ne.seu.ro/ye.ya.ka.se.yo
想參觀慶會樓的話，請上網預約。

매점은 어디에 있어요 ?
me*.jo*.meun/o*.di.e/i.sso*.yo
請問小賣店在哪裡？

경복궁 내에서는 금연입니다 .
gyo*ng.bok.gung/ne*.e.so*.neun/geu.myo*.nim.
ni.da
景福宮內禁止吸菸。

이 건물은 어느 정도 오래된 거예요 ?
i.go*n.mu.reun/o*.neu/jo*ng.do/o.re*.dwen/go*.
ye.yo
這棟建築有多老了？

안내를 해 주시겠어요 ?
an.ne*.reul/he*/ju.si.ge.sso*.yo
可以為我做導覽嗎？

안에 들어갈 수 있어요 ?
a.ne/deu.ro*.gal/ssu/i.sso*.yo
可以進去裡面嗎？

會話

A : 입장료는 얼마예요?
ip.jjang.nyo.neun/o*l.ma.ye.yo
入場費多少錢?

B : 삼천원입니다.
sam.cho*.nwo.nim.ni.da
三千圜韓幣。

A : 표 두 장 주세요.
pyo/du/jang/ju.se.yo
請給我兩張票。

單字速查

건축물 go*n.chung.mul	建築物
한복 han.bok	韓服
조선 왕조 jo.so*n/wang.jo	朝鮮王朝
국립고궁박물관 gung.nip.go.gung.bang.mul.gwan	國立古宮博物館
국립민속박물관 gung.nim.min.sok.bang.mul.gwan	國立民俗博物館

吃參雞湯
삼계탕 먹기

> **土俗村參雞湯**
> 토속촌 삼계탕
> **地址：**首爾市鐘路區紫霞門路5路5
> 주소 : 서울시 종로구 자하문로 5길5
> **地鐵：**景福宮站2號出口
> 지하철 : 경복궁역 2번 출구

例句

식사 시간에 찾아가면 줄을 서서 기다려야 해요.
sik.ssa/si.ga.ne/cha.ja.ga.myo*n/ju.reul/sso*.so*/
gi.da.ryo*.ya/he*.yo
用餐時間去的話，必須排隊等候。

얼마나 기다려야 해요?
o*l.ma.na/gi.da.ryo*.ya/he*.yo
要等多久呢？

삼계탕 하나랑 오골삼계탕 하나 주세요.
sam.gye.tang/ha.na.rang/o.gol.sam.gye.tang/
ha.na/ju.se.yo
請給我一份參雞湯和一份烏骨雞參雞湯。

이 집은 아주 유명한 삼계탕 집이에요.
i/ji.beun/a.ju/yu.myo*ng.han/sam.gye.tang/ji.bi.
e.yo
這家店是很有名的參雞湯店。

삼계탕을 먹어 본 적이 있어요.
sam.gye.tang.eul/mo*.go*/bon/jo*.gi/i.sso*.yo
我有吃過參雞湯。

삼계탕을 먹어 본 적이 없어요.
sam.gye.tang.eul/mo*.go*/bon/jo*.gi/o*p.sso*.
yo
我沒有吃過參雞湯。

單字速查

삼계탕　　　參雞湯
sam.gye.tang
오골삼계탕　烏骨雞參雞湯
o.gol.sam.gye.tang
옻닭　　　　燉雞
ot.dak
해물파전　　海鮮煎餅
he*.mul.pa.jo*n

光化門廣場
광화문광장

位置：首爾市鐘路區世宗路
위치：서울시 종로구 세종로
地鐵：景福宮站5號出口／光化門站9號出口
지하철：경복궁역 5번 출구 / 광화문역 9번 출구

例句

저기 분수가 있네요.
jo*.gi/bun.su.ga/in.ne.yo
那裡有噴水池耶！

광화문광장의 중심에 세종대왕 동상이 있어요.
gwang.hwa.mun.gwang.jang.ui/jung.si.me/se.jong.de*.wang/dong.sang.i/i.sso*.yo
光化門廣場的中央有世宗大王銅像。

우리 이순신 장군 동상 앞에서 사진 찍자.
u.ri/i.sun.sin/jang.gun/dong.sang/a.pe.so*/sa.jin/jjik.jja
我們在李舜臣將軍的銅像前拍照吧！

單字速查

역사　歷史
yo*k.ssa
동상　銅像
dong.sang

세종대왕　　　世宗大王
se.jong.de*.wang
세종문화회관　世宗文化會館
se.jong.mun.hwa.hwe.gwan
장군　　　　　將軍
jang.gun
분수　　　　　噴水池
bun.su
중심　　　　　中心
jung.sim
앞　　　　　　前面
ap
한글　　　　　韓文字
han.geul
조선　　　　　朝鮮
jo.so*n
왕　　　　　　王、帝王
wang
성군　　　　　聖君
so*ng.gun

北村韓屋村
북촌 한옥마을

位置：首爾市鐘路區北村路11路
위치 : 서울시 종로구 북촌로11길
地鐵：安國站2號出口
지하철 : 안국역 2번 출구

例句

북촌 한옥마을에 가면 한국 전통한옥 집을 구경할 수 있다.
buk.chon/ha.nong.ma.eu.re/ga.myo*n/han.guk/jo*n.tong.ha.nok/ji.beul/gu.gyo*ng.hal/ssu/it.da
去北村韓屋村，可以欣賞的到韓國傳統韓屋住宅。

북촌 한옥마을은 오래 전 귀족들이 살았던 마을이다.
buk.chon/ha.nong.ma.eu.reun/o.re*/jo*n/gwi.jok.deu.ri/sa.rat.do*n/ma.eu.ri.da
北村韓屋村是很久之前貴族們居住過的村莊。

單字速查

한옥　韓式房屋
ha.nok
마을　村莊、村子
ma.eul
귀족　貴族
gwi.jok

拍照
사진 찍기

例句

실례합니다 . 사진 좀 찍어 주시겠습니까 ?
sil.lye.ham.ni.da//sa.jin/jom/jji.go*/ju.si.get.sseum.
ni.ga
不好意思，你可以幫我拍照嗎？

함께 사진을 찍어도 될까요 ?
ham.ge/sa.ji.neul/jji.go*.do/dwel.ga.yo
我可以和你一起拍照嗎？

안에서 사진을 찍을 수 있습니까 ?
a.ne.so*/sa.ji.neul/jji.geul/ssu/it.sseum.ni.ga
裡面可以照相嗎？

웃으세요 .
u.seu.se.yo
笑一個！

찍습니다 . 하나 , 둘 , 셋 .
jjik.sseum.ni.da//ha.na/dul/set
我要照囉，一二三。

사진 한 장 더 찍어 주시겠어요 ?
sa.jin/han/jang/do*/jji.go*/ju.si.ge.sso*.yo
你可以再幫我拍一張嗎？

플래시를 사용해도 되나요?
peul.le*.si.reul/ssa.yong.he*.do/dwe.na.yo
可以使用閃光燈？

여기서 우리들을 찍어 주십시오.
yo*.gi.so*/u.ri.deu.reul/jji.go*/ju.sip.ssi.o
請在這裡幫我們拍照。

여기서 사진을 찍으면 안 됩니다.
yo*.gi.so*/sa.ji.neul/jji.geu.myo*n/an/dwem.ni.da
不可以在這裡照相。

單字速查

사진　照片
sa.jin
카메라　相機
ka.me.ra
렌즈　鏡頭
ren.jeu
서터　快門
syo*.to*
플래시　閃光燈
peul.le*.si

三清洞
삼청동

> **位置：首爾市鐘路區三清洞**
> 위치：서울시 종로구 삼청동
> **地鐵：安國站1號出口**
> 지하철：안국역 1번 출구

例句

삼청동 근처에 맛있게 하는 와플 집이 있어요.
sam.cho*ng.dong/geun.cho*.e/ma.sit.ge/
ha.neun/wa.peul/jji.bi/i.sso*.yo
三清洞附近有好吃的鬆餅店。

삼청동은 정말 산책하기 좋은 곳이에요.
sam.cho*ng.dong.eun/jo*ng.mal/ssan.che*.
ka.gi/jo.eun/go.si.e.yo
三清洞真的是散步的好地方。

單字速查

갤러리　畫廊
ge*l.lo*.ri
미술관　美術館
mi.sul.gwan
커피숍　咖啡廳
ko*.pi.syop
전통요리　傳統料理
jo*n.tong.yo.ri

風景
경치

정말 아름다운 경치군요.
jo*ng.mal/a.reum.da.un/gyo*ng.chi.gu.nyo
風景真美呢！

이건 대만에서 볼 수 없는 풍경이에요.
i.go*n/de*.ma.ne.so*/bol/su/o*m.neun/pung.
gyo*ng.i.e.yo
這是無法在台灣看得到的風景。

해운대는 꼭 한 번 가 봐요.
he*.un.de*.neun/gok/han/bo*n/ga/bwa.yo
海雲台一定要去看看。

여기 풍경은 참 아름답습니다.
yo*.gi/pung.gyo*ng.eun/cham/a.reum.dap.
sseum.ni.da
這裡的風景真美！

우리 해수욕장에 갈까요?
u.ri/he*.su.yok.jjang.e/gal.ga.yo
我們去海水浴場，好嗎？

거기서 수영할 수 있어요?
go*.gi.so*/su.yo*ng.hal.ssu/i.sso*.yo
那裡可以游泳嗎？

在鬆餅店
와플집에서

例句

아이스크림 와플로 주세요 .
a.i.seu.keu.rim/wa.peul.lo/ju.se.yo
請給我冰淇淋鬆餅。

아이스 커피 두 잔이랑 과일 와플 하나 주세요 .
a.i.seu/ko*.pi/du/ja.ni.rang/gwa.il/wa.peul/ha.na/ju.se.yo
請給我冰咖啡兩杯和一份水果鬆餅。

너무 달지 않게 해 주세요 .
no*.mu/dal.jji/an.ke/he*/ju.se.yo
請不要用得太甜。

딸기 케이크로 주세요 .
dal.gi/ke.i.keu.ro/ju.se.yo
請給我草莓蛋糕。

單字速查

아이스크림 와플　　冰淇淋鬆餅
a.i.seu.keu.rim/wa.peul
라즈베리 와플　　木莓鬆餅
ra.jeu.be.ri/wa.peul
과일 와플　　水果鬆餅
gwa.il/wa.peul
블루베리쵸코 와플　藍莓巧克力鬆餅
beul.lu.be.ri.chyo.ko/wa.peul

仁寺洞
인사동

位置：首爾市鐘路區仁寺洞
위치 : 서울시 종로구 인사동
地鐵：安國站6號出口
지하철 : 안국역 6번 출구

例句

**기념품이나 토산물을 사고 싶으면 인사동에
가 보세요.**
gi.nyo*m.pu.mi.na/to.san.mu.reul/ssa.go/si.peu.
myo*n/in.sa.dong.e/ga/bo.se.yo
如果想買紀念品或土產的話，就去仁寺洞看看吧。

**인사동에 특이하고 예쁜 물건들을 파는 가게
가 많아요.**
in.sa.dong.e/teu.gi.ha.go/ye.beun/mul.go*n.deu.
reul/pa.neun/ga.ge.ga/ma.na.yo
仁寺洞有很多店在賣特殊又漂亮的物品。

單字速查

화랑　　　　畫廊
hwa.rang
전통 공예점　傳統工藝品店
jo*n.tong/gong.ye.jo*m
전통찻집　　傳統茶店
jo*n.tong.chat.jjip
전통 음식점　傳統餐館
jo*n.tong/eum.sik.jjo*m

在博物館
박물관에서

例句

개관 시간이 몇 시예요?
ge*.gwan/si.ga.ni/myo*t/si.ye.yo
開館時間是幾點？

몇 시에 문을 닫습니까?
myo*t/si.e/mu.neul/dat.sseum.ni.ga
幾點關門？

이 미술관은 몇 시에 개관합니까?
i/mi.sul.gwa.neun/myo*t/si.e/ge*.gwan.ham.ni.ga
這間美術館幾點開館？

저것은 무엇입니까?
jo*.go*.seun/mu.o*.sim.ni.ga
那是什麼？

이 작품은 어느 시대의 것입니까?
i/jak.pu.meun/o*.neu/si.de*.ui/go*.sim.ni.ga
這個作品是哪一個時代的？

이건 누구 작품입니까?
i.go*n/nu.gu/jak.pu.mim.ni.ga
這是誰的作品？

작품에 손 대지 마십시오.
jak.pu.me/son/de*.ji/ma.sip.ssi.o
請勿用手觸摸作品。

설명 좀 부탁드립니다 .
so*l.myo*ng/jom/bu.tak.deu.rim.ni.da
麻煩您介紹一下。

입장료는 얼마예요 ?
ip.jjang.nyo.neun/o*l.ma.ye.yo
入場費多少錢？

어른 표 두 장 주세요 .
o*.reun/pyo/du/jang/ju.se.yo
請給我兩張全票。

어른 표 두 장과 어린이 표 한 장 주세요 .
o*.reun/pyo/du/jang/gwa/o*.ri.ni/pyo/han/jang/
ju.se.yo
請給我兩張全票和一張兒童票。

박물관에 가려면 몇 번 출구로 나가야 하나요 ?
bang.mul.gwa.ne/ga.ryo*.myo*n/myo*t/bo*n/
chul.gu.ro/na.ga.ya/ha.na.yo
去博物館要從幾號出口出去？

觀光服務台
관광안내소

例句

가 볼만 한 곳을 알려 주세요 .
ga/bol.man/han/go.seul/al.lyo*/ju.se.yo
請告訴我值得一去的地方。

이 근처에 맛있는 음식점이 있어요 ?
i/geun.cho*.e/ma.sin.neun/eum.sik.jjo*.mi/i.sso*.
yo
這附近有好吃的餐館嗎？

여기 박물관 하나 있는데 어떻게 가요 ?
yo*.gi/bang.mul.gwan/ha.na/in.neun.de/o*.do*.
ke/ga.yo
這裡有一個博物館，請問要怎麼去？

근처에 술집이나 치킨 집이 있어요 ?
geun.cho*.e/sul.ji.bi.na/chi.kin/ji.bi/i.sso*.yo
附近有居酒屋或是炸雞店嗎？

오늘 짜여진 일정은 없어서 추천하는 관광 코스가 있어요 ?
o.neul/jja.yo*.jin/il.jo*ng.eun/o*p.sso*.so*/chu.
cho*n.ha.neun/gwan.gwang/ko.seu.ga/i.sso*.yo
今天沒有安排行程，你有推薦的觀光路線嗎？

在工藝品店
공예점에서

例句

이 그림이 얼마예요 ?
i/geu.ri.mi/o*l.ma.ye.yo
這幅圖畫多少錢？

그 전통탈을 사고 싶어요 .
geu/jo*n.tong.ta.reul/ssa.go/si.po*.yo
我想買那個傳統面具。

한복 인형은 너무 예쁘고 귀엽네요 .
han.bok.in.hyo*ng.eun/no*.mu/ye.beu.go/gwi.
yo*m.ne.yo
韓服娃娃很漂亮又可愛呢！

엽서 한 장에 얼마예요 ?
yo*p.sso*/han/jang.e/o*l.ma.ye.yo
明信片一張多少錢？

單字速查

장식품　裝飾品
jang.sik.pum
부채　　扇子
bu.che*
도장　　印章
do.jang
보석함　珠寶盒
bo.so*.kam

한지공예　　韓紙工藝
han.ji.gong.ye

경대　　　　小鏡台
gyo*ng.de*

컵받침　　　杯墊
ko*p.bat.chim

은비녀　　　銀髮簪
eun.bi.nyo*

액자　　　　相框
e*k.jja

병풍　　　　屛風
byo*ng.pung

열쇠 고리　鑰匙圈
yo*l.swe/go.ri

기념 우표　紀念郵票
gi.nyo*m/u.pyo

기념 티셔츠　紀念T恤
gi.nyo*m/ti.syo*.cheu

탈　　　　　面具
tal

수저세트　　湯匙筷子組
su.jo*.se.teu

명함함　　　名片盒
myo*ng.ham.ham

도자기　　　陶瓷
do.ja.gi

액자　　　　相框
e*k.jja

在茶館
다방에서

例句

유자차를 마시고 싶어요.
yu.ja.cha.reul/ma.si.go/si.po*.yo
我想喝柚子茶。

핫 초코 한 잔 주세요.
hat/cho.ko/han/jan/ju.se.yo
請給我一杯熱可可。

율무차 한 잔하고 인삼차 한 잔 주세요.
yul.mu.cha/han/jan.ha.go/in.sam.cha/han/jan/
ju.se.yo
請給我一杯薏仁茶和一杯人參茶。

따뜻한 음료수는 뭐가 있어요?
da.deu.tan/eum.nyo.su.neun/mwo.ga/i.sso*.yo
熱飲有什麼?

마실 건 어떤 게 있어요?
ma.sil/go*n/o*.do*n/ge/i.sso*.yo
喝的有哪些?

녹차 있나요?
nok.cha/in.na.yo
有綠茶嗎?

얼음은 넣지 말아 주세요.
o*.reu.meun/no*.chi/ma.ra/ju.se.yo
請不要幫我放冰塊。

오렌지 주스 한 잔 주세요.
o.ren.ji/ju.seu/han/jan/ju.se.yo
請給我一杯柳橙汁。

單字速查

녹차　　　綠茶
nok.cha
보리차　　麥茶
bo.ri.cha
국화차　　菊花茶
gu.kwa.cha
보이차　　普洱茶
bo.i.cha
장미꽃차　玫瑰茶
jang.mi.got.cha
오곡차　　五穀茶
o.gok.cha
생강차　　生薑茶
se*.ng.gang.cha
대추차　　紅棗茶
de*.chu.cha

問路
길 묻기

例句

저 , 실례합니다 .
jo*//sil.lye.ham.ni.da
打擾一下。

실례합니다 . 길을 좀 물어 봐도 될까요 ?
sil.lye.ham.ni.da//gi.reul/jjom/mu.ro*/bwa.do/
dwel.ga.yo
不好意思，我可以問個路嗎？

**말씀 좀 묻겠습니다 . 경복궁은 어디에 있어
요 ?**
mal.sseum/jom/mut.get.sseum.ni.da//gyo*ng.
bok.gung.eun/o*.di.e/i.sso*.yo
請問一下，景福宮在哪裡？

길을 잃었습니다 .
gi.reul/i.ro*t.sseum.ni.da
我迷路了。

이곳은 어디입니까 ?
i.go.seun/o*.di.im.ni.ga
這裡是哪裡？

지도로 가리켜 주실 수 없나요 ?
ji.do.ro/ga.ri.kyo*.ju.sil/su/o*m.na.yo
可以在地圖上指一下嗎？

운동장에 가려면 이 길이 맞습니까 ?
un.dong.jang.e/ga.ryo*.myo*n/i/gi.ri/mat.sseum.
ni.ga
我要去運動場，走這條路沒錯嗎 ?

약도를 그려 주시겠어요 ?
yak.do.reul/geu.ryo*/ju.si.ge.sso*.yo
可以幫我畫略圖嗎 ?

이 방향이 맞습니까 ?
i/bang.hyang.i/mat.sseum.ni.ga
是這個方向嗎 ?

오른쪽으로 갑니까 ?
o.reun.jjo.geu.ro/gam.ni.ga
往右走嗎 ?

이 주위에 기차역이 있어요 ?
i/ju.wi.e/gi.cha.yo*.gi/i.sso*.yo
這附近有火車站嗎 ?

걸어서 몇 분 걸려요 ?
go*.ro*.so*/myo*t/bun/go*l.lyo*.yo
走路要花幾分鐘 ?

대략 30 분 정도 걸려요 .
de*.ryak/sam.sip.bun/jo*ng.do/go*l.lyo*.yo
大概要花 30 分鐘 。

버스를 타는 게 좋아요 .
bo*.seu.reul/ta.neun/ge/jo.a.yo
你最好搭公車。

찾기가 아주 쉬운데요.
chat.gi.ga/a.ju/swi.un.de.yo
很好找。

되돌아가야 해요.
dwe.do.ra.ga.ya/he*.yo
你得往回走。

單字速查

얼다　遠
mo*l.da
가깝다　近
ga.gap.da
도로　道路
do.ro
사거리　十字路口
sa.go*.ri
표지판　路牌
pyo.ji.pan

鐘閣
종각

地鐵：鐘閣站
지하철 : 종각역

例句

종각역에서 나오면 지하쇼핑센터가 있는데 거기에 옷을 싸게 파는 가게들이 있습니다 .
jong.ga.gyo*.ge.so*/na.o.myo*n/ji.ha.syo.ping.sen.to*.ga/in.neun.de/go*.gi.e/o.seul/ssa.ge/pa.neun/ga.ge.deu.ri/it.sseum.ni.da

從鐘閣站來後有地下商街，那裡有很多店賣衣服很便宜。

종각역 근처에 왔는데 술집에 갈까요 ?
jong.ga.gyo*k/geun.cho*.e/wan.neun.de/sul.ji.be/gal.ga.yo

我們都來到鐘閣站附近了，要不要去居酒屋？

單字速查

시내 중심　市中心
si.ne*/jung.sim

빌딩　　　大樓、大廈
bil.ding

포장마차　小吃攤
po.jang.ma.cha

술집　　　居酒屋
sul.jip

在書店
서점에서

教保文庫
교보문고
地址：首爾市鐘路區鐘路1 B1
주소：서울시 종로구 종로1 B1
地鐵：鐘閣站1號出口／光化門站3號出口
지하철：종각역 1번 출구 / 광화문역 3번 출구

例句

여행책을 사자 .
yo*.he*ng.che*.geul/ssa.ja
我們買本旅遊書吧！

책을 사려고 하는데요 . 근처에 서점이 있어
요 ?
che*.geul/ssa.ryo*.go/ha.neun.de.yo//geun.
cho*.e/so*.jo*.mi/i.sso*.yo
我想買書，請問這附近有書店嗎？

패션잡지 사고 싶은데 어느 쪽이에요 ?
pe*.syo*n.jap.jji/sa.go/si.peun.de/o*.neu/jjo.
gi.e.yo
我想買流行雜誌，在哪一邊呢？

책 하나를 찾고 있는데 좀 도와 주시겠어요 ?
che*k/ha.na.reul/chat.go/in.neun.de/jom.do.wa/
ju.si.ge.sso*.yo
我在找一本書，可以幫個忙嗎？

베스트 셀러 코너는 어디에 있습니까?

be.seu.teu/sel.lo*/ko.no*.neun/o*.di.e/it.sseum.
ni.ga

暢銷書籍區在哪裡呢？

(單字速查)

잡지	雜誌
jap.jji	
소설책	小説
so.so*l.che*k	
만화책	漫畫書
man.hwa.che*k	
서전	字典
so*.jo*n	
교재	教材
gyo.je*	
서적	書籍
so*.jo*k	
작가	作家
jak.ga	
표지	封面
pyo.ji	
문구	文具
mun.gu	
음반	唱片
eum.ban	
베스트셀러	暢銷書籍
be.seu.teu.sel.lo*	

韓國觀光公社
한국관광공사

位置：首爾市中區淸溪川路40
위치 : 서울시 중구 청계천로40
地鐵：鐘閣站5號出口
지하철 : 종각역 5번 출구

例句

여기 중국어 할 줄 아는 분이 있어요 ?
yo*.gi/jung.gu.go*/hal/jjul/a.neun/bu.ni/i.sso*.yo
這裡有會說中文的人嗎？

영어로 말씀해 주시겠어요 ?
yo*.ng.o*.ro/mal.sseum.he*/ju.si.ge.sso*.yo
可以麻煩您說英文嗎？

난타쇼 티켓은 여기서 예약할 수 있습니까 ?
nan.ta.syo/ti.ke.seun/yo*.gi.so*/ye.ya.kal/ssu/
it.sseum.ni.ga
這裡可以訂亂打秀的票嗎？

관광 팸플릿은 어디서 얻을 수 있어요 ?
gwan.gwang/pe*m.peul.li.seun/o*.di.so*/
o*.deul/ssu/i.sso*.yo
哪裡可以領取觀光手冊呢？

경치가 좋은 곳에 가고 싶어요 . 추천해 주세요 .

gyo*ng.chi.ga/jo.eun/go.se/ga.go/si.po*.yo//chu.cho*n.he*/ju.se.yo

我想去風景很好的地方，麻煩你推薦一下。

어디 가면 단풍을 볼 수 있어요 ?

o*.di/ga.myo*n/dan.pung.eul/bol/su/i.sso*.yo

去哪裡可以看得到楓葉呢？

거기에 전망대가 있어요 .

go*.gi.e/jo*n.mang.de*.ga/i.sso*.yo

那裡有瞭望台。

그곳을 빨리 구경하고 싶군요 .

geu.go.seul/bal.li/gu.gyo*ng.ha.go/sip.gu.nyo

我想快點去那裡逛逛。

單字速查

관광 정보　觀光情報
gwan.gwang/jo*ng.bo
팸플릿　　手冊
pe*m.peul.lit
지도　　　地圖
ji.do
표　　　　票
pyo
중국어　　中文
jung.gu.go*
여행사　　旅行社
yo*.he*ng.sa

路邊攤
포장마차

例句

안주는 해물파전이랑 계란찜으로 주세요.
an.ju.neun/he*.mul.pa.jo*.ni.rang/gye.ran.jji.meu.
ro/ju.se.yo
下酒菜請給我海鮮煎餅和蒸蛋。

육포 있어요?
yuk.po/i.sso*.yo
有肉乾嗎?

우동 한 그릇 주세요.
u.dong/han/geu.reut/ju.se.yo
請給我一碗烏龍麵。

會話

A : **술 한 잔 하자.**
sul/han/jan/ha.ja
我們去喝一杯吧!

B : **좋아. 포장마차로 가자.**
jo.a//po.jang.ma.cha.ro/ga.ja
好,去路邊攤喝吧。

單字速查

술안주　下酒小菜
su.ran.ju

우동　　　　烏龍麵
u.don

참치찌개　　鮪魚鍋
cham.chi.jji.ge*

오징어볶음　炒魷魚
o.jing.o*.bo.geum

오징어데침　燙魷魚
o.jing.o*.de.chim

곱창볶음　　炒牛小腸
gop.chang.bo.geum

부추전　　　韭菜煎餅
bu.chu.jo*n

해물파전　　海鮮煎餅
he*.mul.pa.jo*n

계란찜　　　蒸蛋
gye.ran.jjim

육포　　　　肉乾
yuk.po

한 그릇　　　一碗
han/geu.reut

술　　　　　酒
sul

한 잔　　　　一杯
han/jan

在烤肉店
불고기집에서

例句

된장찌개를 부탁합니다.
dwen.jang.jji.ge*.reul/bu.ta.kam.ni.da
請給我大醬鍋。

삼겹살 이인분 주세요.
sam.gyo*p.ssal/i.in.bun/ju.se.yo
給我兩人份的五花肉。

고기가 덜 익었는데요.
go.gi.ga/do*l/i.go*n.neun.de.yo
肉還沒熟。

單字速查

돼지고기　豬肉
dwe*.ji.go.gi
닭고기　雞肉
dal.go.gi
소고기　牛肉
so.go.gi
소갈비　牛排
so.gal.bi
돼지갈비　豬排
dwe*.ji.gal.bi
닭갈비　雞排
dak.gal.bi

在居酒屋
술집에서

例句

같이 맥주 한 잔 어때요 ?
ga.chi/me*k.jju/han/jan/o*.de*.yo
要不要一起喝杯啤酒？

술 좀 더 시킵시다 .
sul/jom/do*/si.kip.ssi.da
我們再點些酒吧。

소주 한 병하고 컵 두 개 주세요 .
so.ju/han/byo*ng.ha.go/ko*p/du/ge*/ju.se.yo
請給我一瓶燒酒和兩個杯子。

자 , 모두들 건배합시다 .
ja//mo.du.deul/go*n.be*.hap.ssi.da
來，大家一起乾杯。

술을 좀 마셨어요 .
su.reul/jjom/ma.syo*.sso*.yo
我喝了點酒。

소주 한 병 더 주세요 .
so.ju/han/byo*ng/do*/ju.se.yo
請再給我一瓶燒酒。

나도 막걸리가 좋아요 .
na.do/mak.go*l.li.ga/jo.a.yo
我也喜歡喝米酒。

한 잔 더 합시다.
han.jan.do*/hap.ssi.da
再喝一杯吧。

술 한 잔 사 주세요.
sul/han/jan/sa/ju.se.yo
請我喝酒吧。

單字速查

술집　居酒屋
sul.jip
맥주　啤酒
me*k.jju
소주　燒酒
so.ju
생맥주　生啤酒
se*ng.me*k.jju
막걸리　米酒
mak.go*l.li

搭計程車
택시 타기

例句

손님 , 어디까지 가세요 ?
son.nim//o*.di.ga.ji/ga.se.yo
先生（小姐）您要去哪裡？

거기에 가려면 택시밖에 없어요 ?
go*.gi.e/ga.ryo*.myo*n/te*k.ssi.ba.ge/o*p.sso*.yo
去那裡只有計程車會到嗎？

택시를 탑시다 .
te*k.ssi.reul/tap.ssi.da
一起搭計程車吧。

남산공원까지 부탁합니다 .
nam.san.gong.won.ga.ji/bu.ta.kam.ni.da
麻煩載我到南山公園。

롯데호텔로 가 주세요 .
rot.de.ho.tel.lo/ga/ju.se.yo
請帶我到樂天飯店。

가까운 기차역으로 가 주세요 .
ga.ga.un/gi.cha.yo*.geu.ro/ga/ju.se.yo
我要去附近的火車站。

이 주소로 가 주세요 .
i/ju.so.ro/ga/ju.se.yo
請載我到這個住址。

저 건물 앞에서 세워 주세요 .
jo*/go*n.mul/a.pe.so*/se.wo/ju.se.yo
請在那棟建築物前停車。

빠른 길로 부탁합니다 .
ba.reun/gil.lo/bu.ta.kam.ni.da
請走快一點的道路。

저 앞에서 잠시만 세워 주시겠어요 ?
jo*/a.pe.so*/jam.si.man/se.wo.ju.si.ge.sso*.yo
可以在那前方暫時停車嗎？

여기에 세워 주십시오 .
yo*.gi.e/se.wo/ju.sip.ssi.o
請在這裡停車。

지름길이 있나요 ?
ji.reum.gi.ri/in.na.yo
有捷徑嗎？

거스름돈은 가지세요 .
go*.seu.reum.do.neun/ga.ji.se.yo
不必找零。

트렁크를 열어 주세요 .
teu.ro*ng.keu.reul/yo*.ro*/ju.se.yo
請打開後車廂。

동대문으로 가 주세요 .
dong.de*.mu.neu.ro/ga/ju.se.yo
我要去東大門。

왼쪽으로 돌아 주세요 .
wen.jjo.geu.ro/do.ra/ju.se.yo
請往左轉。

직진합시다
jik.jjin.hap.ssi.da
請直走。

시간이 급합니다 . 서둘러주세요 .
si.ga.ni/geu.pam.ni.da//so*.dul.lo*.ju.se.yo
我時間很趕，麻煩您開快一點。

앞에서 좌회전 부탁합니다 .
a.pe.so*/jwa.hwe.jo*n/bu.ta.kam.ni.da
請在前面左轉。

멈추세요 .
mo*m.chu.se.yo
請停下來。

아저씨 , 창문 좀 열어도 괜찮겠습니까 ?
a.jo*.ssi//chang.mun/jom/yo*.ro*.do/gwe*n.
chan.ket.sseum.ni.ga
大叔，我可以開窗戶嗎？

單字速查

일반 택시　普通計程車
il.ban/te*k.ssi
모범 택시　模範計程車
mo.bo*m/te*k.ssi
주소　　　地址
ju.so
안전벨트　安全帶
an.jo*n.bel.teu
좌회전　　左轉
jwa.hwe.jo*n
우회전　　右轉
u.hwe.jo*n
신호등　　紅綠燈
sin.ho.deung

不滿事項
불평사항

例句

화장실 안에 비누가 없습니다 .
hwa.jang.sil/a.ne/bi.nu.ga/o*p.sseum.ni.da
化妝室裡沒有肥皂。

변기가 막혔습니다 .
byo*n.gi.ga/ma.kyo*t.sseum.ni.da
馬桶不通。

방을 바꾸고 싶습니다 .
bang.eul/ba.gu.go/sip.sseum.ni.da
我想換房間。

옆 방이 너무 시끄럽습니다 .
yo*p/bang.i/no*.mu/si.geu.ro*p.sseum.ni.da
隔壁房太吵了。

빨리 와서 처리해 주세요 .
bal.li/wa.so*/cho*.ri.he*/ju.se.yo
請趕快過來處理。

에어컨이 고장났어요 .
e.o*.ko*.ni/go.jang.na.sso*.yo
冷氣壞掉了。

방을 청소해 주시겠습니까 ?
bang.eul/cho*ng.so.he*/ju.si.get.sseum.ni.ga
可以請人過來打掃房間嗎？

물이 뜨겁지 않습니다.
mu.ri/deu.go*p.jji/an.sseum.ni.da
水不熱。

會話

A : 무엇을 도와드릴까요?
mu.o*.seul/do.wa.deu.ril.ga.yo
能幫您什麼忙嗎？

B : 텔레비전이 고장났습니다.
tel.le.bi.jo*.ni/go.jang.nat.sseum.ni.da
電視故障了。

A : 정말 죄송합니다. 몇 호실에 묵으시나요?
jo*ng.mal/jjwe.song.ham.ni.da//myo*t/ho.si.
re/mu.geu.si.na.yo
真的很抱歉，請問您住在幾號室呢？

B : 210 호실입니다.
i.be*k.ssi.po.si.rim.ni.da
這裡是 210 號室。

平價住宿推薦－鐘路、仁寺洞附近

住宿推薦 1：Holiday in Korea Hostel

位置：首爾市鐘路區益善洞 53
위치：서울시 종로구 익선동53
地鐵：3號線安國站4號出口
지하철：3호선 안국역 4번 출구
電話號碼：+82-2-3672-3113
전화번호：+82－2－3672－3113

住宿推薦 2：鐘路苑

종로원 호스텔

位置：首爾市鐘路區益善洞 29
위치：서울시 종로구 익선동29번지
地鐵：3號線安國站4號出口
지하철：3호선 안국역 4번 출구
電話號碼：+82-2-763-4249
전화번호：+82－2－763－4249
網頁：http://www.jongnowon.com
홈페이지：http://www.jongnowon.com

住宿推薦 3：北村韓屋 Guest House

북촌 게스트 하우스

位置：首爾市鐘路區桂洞 72
위치：서울시 종로구 계동 72번지
地鐵：3號線安國站3號出口
지하철：3호선 안국역 3번 출구
電話號碼：+82-2-743-8530
전화번호：+82－2－743－8530
網頁：http://www.bukchon72.com
홈페이지：http://www.bukchon72.com

位置：首爾市鐘路區桂洞 135-1
위치：서울시 종로구 계동 135-1번지
地鐵：3號線安國站3號出口
지하철：3호선 안국역 3번 출구
電話號碼：+82-2-745-0057
전화번호：+82-2-745-0057
網頁：http://www.seoul110.com
홈페이지：http://www.seoul110.com

Unit 3 第三天
세 번째날

惠化
혜화

地鐵：惠化站
지하철 : 혜화역

例句

낙산공원에 가면 아름다운 야경을 볼 수 있어요.
nak.ssan.gong.wo.ne/ga.myo*n/a.reum.da.un/ya.gyo*ng.eul/bol/su/i.sso*.yo
去駱山公園，可以看得到美麗的夜景。

이화동 벽화마을도 사진 찍기에 아주 좋은 곳이다.
i.hwa.dong/byo*.kwa.ma.eul.do/sa.jin/jjik.gi.e/a.ju.jo.eun/go.si.da
梨花壁畫村也是不錯的拍照景點。

單字速查

대학로 de*.hang.no	大學路
성균관대학교 so*ng.gyun.gwan.de*.hak.gyo	成均館大學
카페 ka.pe	咖啡廳

在麵包店
빵집에서

例句

이 빵 두 덩어리 주세요.
i/bang/du/do*ng.o*.ri/ju.se.yo
這個麵包請給我兩個。

롤빵 하나 주세요.
rol.bang/ha.na/ju.se.yo
請給我一個麵包捲。

여기 통밀빵이 없어요?
yo*.gi/tong.mil.bang.i/o*p.sso*.yo
這裡沒有全麥麵包嗎?

과일 케이크 말고 초콜릿 케이크로 주세요.
gwa.il/ke.i.keu/mal.go/cho.kol.lit/ke.i.keu.ro/ju.se.
yo
我不要水果蛋糕,請給我巧克力蛋糕。

單字速查

호두빵　　核桃麵包
ho.du.bang
고구마빵　地瓜麵包
go.gu.ma.bang
모카빵　　摩卡麵包
mo.ka.bang
단팥빵　　紅豆麵包
dan.pat.bang

식빵	吐司
sik.bang	
프랑스빵	法國麵包
peu.rang.seu.bang	
카스텔라	蜂蜜蛋糕
ka.seu.tel.la	
컵케이크	杯子蛋糕
ko*p.ke.i.keu	
티라미수	提拉米蘇
ti.ra.mi.su	
슈크림	泡芙
syu.keu.rim	
에그 타르트	蛋塔
e.geu/ta.reu.teu	

在咖啡廳
카페에서

例句

조금 쉬고 싶어요.
jo.geum/swi.go/si.po*.yo
我想休息一下。

커피라도 마시면서 얘기합시다.
ko*.pi.ra.do/ma.si.myo*n.so*/ye*.gi.hap.ssi.da
我們喝杯咖啡邊聊聊吧。

카푸치노 한 잔 주세요.
ka.pu.chi.no/han/jan/ju.se.yo
請給我一杯卡布奇諾。

카페라떼 한 잔 얼마입니까?
ka.pe.ra.de/han/jan/o*l.ma.im.ni.ga
咖啡拿鐵一杯多少錢?

따뜻한 커피인가요, 냉 커피인가요?
da.deu.tan/ko*.pi.in.ga.yo//ne*ng/ko*.pi.in.ga.yo
您要熱的咖啡,還是冰的咖啡?

커피 위에 휘핑크림 괜찮으세요?
ko*.pi/wi.e/hwi.ping.keu.rim/gwe*n.cha.neu.se.yo
咖啡上幫您加奶油可以嗎?

아이스커피 큰 컵 한 잔 주세요.
a.i.seu.ko*.pi/keun/ko*p/han/jan/ju.se.yo
給我一杯大杯的冰咖啡。

커피 안에 설탕을 넣지 마세요 .

ko*.pi/a.ne/so*l.tang.eul/no*.chi/ma.se.yo

咖啡裡不要加糖。

會話

A : 커피는 어떤 컵 사이즈로 드려요 ?
　　ko*.pi.neun/o*.do*n/ko*p/sa.i.jeu.ro/deu.
　　ryo*.yo

　　您的咖啡要什麼尺寸？

B : 큰 사이즈로 주세요 .
　　keun/sa.i.jeu.ro/ju.se.yo

　　請給我大杯的。

單字速查

스타벅스 seu.ta.bo*k.sseu	星巴克
카페라떼 ka.pe.ra.de	那堤
바닐라 라떼 ba.nil.la/ra.de	香草那堤
헤이즐넛 라떼 he.i.jeul.lo*t/ra.de	榛果那堤
카라멜마끼아또 ka.ra.mel.ma.gi.a.do	焦糖瑪奇朵
카페 모카 ka.pe/mo.ka	摩卡咖啡

清溪川
청계천

例句

청계천 야경을 보러 가자 .
cho*ng.gye.cho*n/ya.gyo*ng.eul/bo.ro*/ga.ja
我們去看清溪川的夜景吧。

청계광장 분수를 배경으로 사진 찍어 주세요 .
cho*ng.gye.gwang.jang/bun.su.reul/be*.gyo*ng.
eu.ro/sa.jin/jji.go*/ju.se.yo
請以清溪廣場噴水池為背景幫我拍照。

單字速查

시장	市長
si.jang	
이명박	李明博
i.myo*ng.bak	
대통령	總統
de*.tong.nyo*ng	
다리	橋
da.ri	
야경	夜景
ya.gyo*ng	
광장	廣場
gwang.jang	
배경	背景
be*.gyo*ng	
사진을 찍다	拍照
sa.ji.neul/jjik.da	

搭公車
버스 타기

例句

버스 정류장이 어디에 있나요?
bo*.seu/jo*ng.nyu.jang.i/o*.di/e/in.na.yo
公車站在哪裡？

여기서 충무로까지 가려고 하는데, 몇 번 버스를 타야 합니까?
yo*.gi.so*/chung.mu.ro.ga.ji/ga.ryo*.go/ha.neun.de//myo*t/bo*n/bo*.seu.reul/ta.ya/ham.ni.ga
我想從這裡到忠武路，要搭幾號公車？

동대문으로 가는 버스가 몇 번입니까?
dong.de*.mu.neu.ro/ga.neun/bo*.seu.ga/myo*t/bo*.nim.ni.ga
往東大門的公車是幾號？

버스는 언제 출발합니까?
bo*.seu.neun/o*n.je/chul.bal.ham.ni.ga
公車何時出發？

종점까지 가는데 시간이 얼마나 걸리나요?
jong.jo*m.ga.ji/ga.neun.de/si.ga.ni/o*l.ma.na/go*l.li.na.yo
我要去終點站，要花多久時間？

버스를 잘못 탄 거 같아요.
bo*.seu.reul/jjal.mot/tan/go*/ga.ta.yo
我好像搭錯公車了。

시청으로 가는 버스가 있습니까 ?
si.cho*ng.eu.ro/ga.neun/bo*.seu.ga/it.sseum.
ni.ga
有去市政廳的公車嗎？

내릴 곳을 지나쳤어요 .
ne*.ril/go.seul/jji.na.cho*.sso*.yo
我坐過站了。

요금이 얼마인가요 ?
yo.geu.mi/o*l.ma.in.ga.yo
車費多少？

그곳에 가는 다른 버스가 있나요 ?
geu.go.se/ga.neun/da.reun/bo*.seu.ga/in.na.yo
有其他開往那裡的公車嗎？

이 버스를 타세요 .
i/bo*.seu.reul/ta.se.yo
請搭這台公車。

길 건너편에서 타면 됩니다 .
gil/go*n.no*.pyo*.ne.so*/ta.myo*n/dwem.ni.da
在馬路對面搭就可以了。

310 번 버스를 여기서 타나요 ?
sam.be*k.ssip.bo*n/bo*.seu.reul/yo*.gi.so*/ta.na.
yo
310 號公車是在這裡搭嗎？

버스 노선도 있습니까 ?
bo*.seu/no.so*n.do/it.sseum.ni.ga
有公車路線圖嗎？

그곳에 도착하거든 좀 알려 주시겠어요 ?
geu.go.se/do.cha.ka.go*.deun/jom/al.lyo*/ju.si.
ge.sso*.yo
如果到了，可以通知我一聲嗎？

여기는 사람이 없습니다 . 앉으세요 .
yo*.gi.neun/sa.ra.mi/o*p.sseum.ni.da//an.jeu.
se.yo
這裡沒人坐，請坐。

다음 정류장에서 내리셔야겠어요 .
da.eum/jo*ng.nyu.jang.e.so*/ne*.ri.syo*.ya.ge.
sso*.yo
您要在下一站下車。

홍대로 가는 버스가 몇 번입니까 ?
hong.de*.ro/ga.neun/bo*.seu.ga/myo*t/bo*.nim.
ni.ga
往弘大的公車是幾號？

하차 벨 좀 눌러 주시겠습니까 ?
ha.cha/bel/jom/nul.lo*/ju.si.get.sseum.ni.ga
可以幫我按下車鈴嗎？

이 좌석에 앉아도 될까요 ?
i/jwa.so*.ge/an.ja.do/dwel.ga.yo
我可以坐這個位子嗎？

單字速查

운전기사　司機
un.jo*n.gi.sa

하차벨　下車鈴
ha.cha.bel

손잡이　手拉環
son.ja.bi

종점　終點站
jong.jo*m

관광버스　觀光巴士
gwan.gwang.bo*.seu

공항버스　機場巴士
gong.hang.bo*.seu

고속버스　客運
go.sok.bo*.seu

東大門商圈
동대문 상권

地鐵：1,4號線東大門站
지하철 : 1, 4호선 동대문역

例句

동대문시장도 쇼핑하기 좋은 곳입니다 .
dong.de*.mun.si.jang.do/syo.ping.ha.gi/jo.eun/
go.sim.ni.da
東大門市場也是逛街的好地方。

여기서 옷들과 패션잡화를 싸게 살 수 있어요 .
yo*.gi.so*/ot.deul.gwa/pe*.syo*n.ja.pwa.reul/ssa.
ge/sal/ssu/i.sso*.yo
這裡可以買到便宜的衣服和流行雜貨。

동대문시장은 24 시간 쇼핑이 가능한 곳입니다 .
dong.de*.mun.si.jang.eun/i.sip.ssa.si.gan/syo.
ping.i/ga.neung.han/go.sim.ni.da
東大門市場是可以 24 小時購物的地方。

單字速查

남성복　男裝
nam.so*ng.bok
여성복　女裝
yo*.so*ng.bok

買衣服
옷 사기

例句

제게는 너무 크지요 ?
je.ge.neun/no*.mu/keu.ji.yo
我穿起來太大了對吧 ?

죄송하지만 그건 프리 사이즈입니다 .
jwe.song.ha.ji.man/geu.go*n/peu.ri/sa.i.jeu.im.ni.da
對不起 ，那是 one size 。

이런 색깔은 별로 마음에 안 들어요 .
i.ro*n/se*k.ga.reun/byo*l.lo/ma.eu.me/an/deu.ro*.yo
這種顏色我不怎麼喜歡 。

單字速查

커플티　情侶 T 恤
ko*.peul.ti
쟈켓　　夾克
jya.ket
후드티　連帽厚 T
hu.deu.ti
바지　　褲子
ba.ji
치마　　裙子
chi.ma
청바지　牛仔褲
cho*ng.ba.ji

買鞋子
신발 사기

例句

샌들을 사고 싶은데 여기 있습니까 ?
se*n.deu.reul/ssa.go/si.peun.de/yo*.gi/it.sseum.
ni.ga
我想買涼鞋，這裡有嗎？

이것으로 작은 사이즈가 있습니까 ?
i.go*.seu.ro/ja.geun/sa.i.jeu.ga/it.sseum.ni.ga
這個有小的尺寸嗎？

제가 좀 신어 봅시다 .
je.ga/jom/si.no*/bop.ssi.da
我來穿穿看。

치수가 어떻게 되십니까 ?
chi.su.ga/o*.do*.ke/dwe.sim.ni.ga
您穿幾號鞋？

어떠세요 ? 잘 맞습니까 ?
o*.do*.se.yo//jal/mat.sseum.ni.ga
怎麼樣？合腳嗎？

좀 커요 .
jom/ko*.yo
有點大。

조금 타이트합니다.
jo.geum/ta.i.teu.ham.ni.da
有點緊。

전 이런 신발은 안 좋아해요.
jo*n/i.ro*n/sin.ba.reun/an/jo.a.he*.yo
我不喜歡這種鞋子。

單字速查

굽 **鞋跟**
gup
구두깔개 **鞋墊**
gu.du.gal.ge*
구두약 **鞋油**
gu.du.yak
신발 밑바닥 **鞋底**
sin.bal/mit.ba.dak
구두끈 **鞋帶**
gu.du.geun
구둣주걱 **鞋拔子**
gu.dut.jju.go*k
구둣솔 **鞋刷**
gu.dut.ssol
발사이즈 **鞋子尺寸**
bal.ssa.i.jeu
켤레 **(一) 雙**
kyo*l.le

買包包
가방 사기

例句

이 지갑은 다른 색상이 없어요?
i/ji.ga.beun/da.reun/se*k.ssang.i/o*p.sso*.yo
這個皮夾沒有其他顏色嗎?

여기 등산배낭도 파나요?
yo*.gi/deung.san.be*.nang.do/pa.na.yo
這裡也有賣登山包嗎?

이 손가방은 언제까지 세일을 하죠?
i/son.ga.bang.eun/o*n.je.ga.ji/se.i.reul/ha.jyo
這款手提包特價到什麼時候?

이거 진짜 한국산입니까?
i.go*/jin.jja/han.guk.ssa.nim.ni.ga
這真的是韓國貨嗎?

그건 진짜 가죽이에요?
geu.go*n/jin.jja/ga.ju.gi.e.yo
那是真皮嗎?

질이 더 좋은 게 있어요?
ji.ri/do*/jo.eun/ge/i.sso*.yo
有品質更好的嗎?

핸드백을 보고 싶은데요.
he*n.deu.be*.geul/bo.go/si.peun.de.yo
我想看手提包。

지갑을 사고 싶은데요 .
ji.ga.beul/ssa.go/si.peun.de.yo
我想買皮夾。

어떤 종류의 배낭이 있습니까 ?
o*.do*n/jong.nyu.ui/be*.nang.i/it.sseum.ni.ga
有什麼種類的後背包？

여기 가죽 가방도 팔아요 ?
yo*.gi/ga.juk/ga.bang.do/pa.ra.yo
這裡也有賣皮革包嗎？

單字速查

가방　　包包
ga.bang
지갑　　皮夾
ji.gap
손가방　手提包
son.ga.bang
여행가방　旅行包
yo*.he*ng.ga.bang
배낭　　背包
be*.nang
파우치　化妝包
pa.u.chi

市政廳
시청

地鐵：1,2號線市政廳站
지하철 : 1,2호선 시청역

例句

난타쇼를 보고 싶으면 시청역으로 가요 .
nan.ta.syo.reul/bo.go/si.peu.myo*n/si.cho*ng.
yo*.geu.ro/ga.yo
想看亂打秀的話，就去市政廳站吧。

**서울광장 스케이트장은 시청역 5 번 출구 근처
에 있어요 .**
so*.ul.gwang.jang/seu.ke.i.teu.jang.eun/
si.cho*ng.yo*k/o.bo*n/chul.gu/geun.cho*.e/
i.sso*.yo
首爾廣場滑冰場在市政廳站 5 號出口附近。

單字速查

극장　　劇場
geuk.jjang
박물관　博物館
bang.mul.gwan
덕수궁　德壽宮
do*k.ssu.gung
고적 건축　古蹟建築
go.jo*k/go*n.chuk

梨大
이대

地鐵：2號線梨大站
지하철 : 2호선 이대역

例句

이화여자대학교는 한국 최초의 여자 학교입니다.
i.hwa.yo*.ja.de*.hak.gyo.neun/han.guk/chwe.cho.ui/yo*.ja/hak.gyo.im.ni.da
梨花女子大學是韓國最早的女子學校。

여기 헤어샵들이 많네 . 가서 헤어스타일을 바꿀까 ?
yo*.gi/he.o*.syap.deu.ri/man.ne//ga.so*/he.o*.seu.ta.i.reul/ba.gul.ga
這裡美髮院很多呢！要不要去換個髮型呢？

單字速查

여자　女生
yo*.ja
대학생　大學生
de*.hak.sse*ng
옷가게　服飾店
ot.ga.ge
헤어샵　美髮店
he.o*.syap

在美髮沙龍
헤어샵에서

例句

근처에 미용실이 있나요 ?
geun.cho*.e/mi.yong.si.ri/in.na.yo
這附近有美容院嗎？

오늘 저녁에 예약할 수 있어요 ?
o.neul/jjo*.nyo*.ge/ye.ya.kal/ssu/i.sso*.yo
我可以預約今天晚上嗎？

머리를 짧게 잘라 주세요 .
mo*.ri.reul/jjap.ge/jal.la/ju.se.yo
請幫我把頭髮剪短。

너무 짧게 자르지 마세요 .
no*.mu/jjap.ge/ja.reu.ji/ma.se.yo
請不要剪得太短。

머리 스타일을 바꾸려고 해요 .
mo*.ri/seu.ta.i.reul/ba.gu.ryo*.go/he*.yo
我想換髮型

파마하고 싶어요 .
pa.ma.ha.go/si.po*.yo
我想燙髮。

會話

A：머리 염색을 하고 싶습니다 .
mo*.ri/yo*m.se*.geul/ha.go/sip.sseum.ni.da
我想染髮。

B：어떤 색으로 해 드릴까요 ?
o*.do*n/se*.geu.ro/he*/deu.ril.ga.yo
要幫您染什麼顏色？

A：갈색으로 염색해 주세요 .
gal.sse*.geu.ro/yo*m.se*.ke*/ju.se.yo
請幫我染成棕色。

單字速查

머리를 자르다　**剪頭髮**
mo*.ri.reul/jja.reu.da
머리를 깎다　**剃髮**
mo*.ri.reul/gak.da
머리를 다듬다　**修剪頭髮**
mo*.ri.reul/da.deum.da
머리를 말리다　**吹乾頭髮**
mo*.ri.reul/mal.li.da
머리를 빗다　**梳頭髮**
mo*.ri.reul/bit.da

購物時
쇼핑할 때

例句

다른 색깔로 보여 주세요 .
da.reun/se*k.gal.lo/bo.yo*/ju.se.yo
請給我看其他顏色。

이 옷 흰색으로 있나요 ?
i/ôt/hin.se*.geu.ro/in.na.yo
這件衣服有白色嗎？

이 바지 빨면 줄어들지 않나요 ?
i/ba.ji/bal.myo*n/ju.ro*.deul.jji/an.na.yo
這件褲子洗了之後會縮小嗎？

옷감 재질이 뭐예요 ?
ot.gam/je*.ji.ri/mwo.ye.yo
衣料的材質是什麼？

이건 따로 팝니까 ?
i.go*n/da.ro/pam.ni.ga
這個有另外賣嗎？

지금 품절입니다 . 죄송합니다 .
ji.geum/pum.jo*.rim.ni.da/jwe.song.ham.ni.da
現在沒貨了。對不起。

이 상품에 대한 설명을 부탁해요 .
i/sang.pu.me/de*.han/so*l.myo*ng.eul/bu.ta.ke*.
yo
麻煩您說明一下這個商品。

사이즈를 모릅니다 . 재어 주시겠습니까 ?
sa.i.jeu.reul/mo.reum.ni.da//je*.o*/ju.si.get.sseum.
ni.ga
我不知道我自己的尺寸，可以幫我量看看嗎？

허리부분이 좀 끼는군요 .
ho*.ri.bu.bu.ni/jom/gi.neun.gu.nyo
腰的部分有點緊。

이것은 무슨 보석입니까 ?
i.go*.seun/mu.seun/bo.so*.gim.ni.ga
這是什麼寶石？

예쁜 발찌를 보여 주십시오 .
ye.beun/bal.jji.reul/bo.yo*/ju.sip.ssi.o
請給我看看漂亮的腳鍊。

모두 얼마입니까 ?
mo.du/o*l.ma.im.ni.ga
總共多少錢？

거스름돈이 틀려요 .
go*.seu.reum.do.ni/teul.lyo*.yo
找錯錢了。

포장해 주시겠어요 ?
po.jang.he*/ju.si.ge.sso*.yo
可以幫我包裝嗎？

영수증을 주세요 .
yo*ng.su.jeung.eul/jju.se.yo
請給我收據。

單字速查

인기상품　人氣商品
in.gi.sang.pum
매장　　　賣場
me*.jang
신제품　　新產品
sin.je.pum
고객　　　顧客
go.ge*k
정원　　　店員
jo*.mwon
현금　　　現金
hyo*n.geum
신용카드　信用卡
si.nyong.ka.deu
쿠폰　　　禮卷
ku.pon
가격　　　價格
ga.gyo*k
영수증　　收據
yo*ng.su.jeung

想去廁所時

화장실 가고 싶을 때

例句

화장실에 가고 싶은데 어디 있어요?
hwa.jang.si.re/ga.go/si.peun.de/o*.di/i.sso*.yo
我想去廁所，請問在哪裡？

화장실 좀 다녀올게요.
hwa.jang.sil/jom/da.nyo*.ol.ge.yo
我去一趟廁所。

화장실은 입구에 들어가서 오른쪽입니다.
hwa.jang.si.reun/ip.gu.e/deu.ro*.ga.so*/o.reun.jjo.
gim.ni.da
廁所在入口進去後的右邊。

會話

A : **저기, 실례하지만 화장실이 어디입니까?**
jo*.gi//sil.lye.ha.ji.man/hwa.jang.si.ri/o*.di.
im.ni.ga
那個…不好意思，請問廁所在哪裡？

B : **이 건물 2층에 화장실이 있습니다.**
i/go*n.mul/i.cheung.e/hwa.jang.si.ri/it.sseum.
ni.da
這棟建築物 2 樓有化妝室。

新村
신촌

地鐵：2號線新村站
지하철 : 2호선 신촌역

例句

여기 영화관 있는데 보러 갈까요 ?
yo*.gi/yo*ng.hwa.gwan/in.neun.de/bo.ro*/gal.
ga.yo
這裡有電影院，要不要去看？

신촌은 정말 대학생들이 모이는 곳이네요 .
sin.cho.neun/jo*ng.mal/de*.hak.sse*ng.deu.ri/
mo.i.neun/go.si.ne.yo
新村真的是大學生們聚集的地方呢！

單字速查

서강대교	西江大學
so*.gang.de*.hak.gyo
연세대학교　延世大學
yo*n.se.de*.hak.gyo
기차역　　　火車站
gi.cha.yo*k
PC 방　　　網咖
PC.bang
노래방　　　KTV
no.re*.bang

購物時

쇼핑할 때

例句

이 목도리 얼마죠 ?
i/mok.do.ri/o*l.ma.jyo
這個圍巾多少錢？

무슨 가죽으로 만들었어요 ?
mu.seun/ga.ju.geu.ro/man.deu.ro*.sso*.yo
這是用什麼皮革製成的？

다른 것 없습니까 ?
da.reun/go*t/o*p.sseum.ni.ga
沒有其他的嗎？

다른 모양이 있습니까 ?
da.reun mo.yang.i it.sseum.ni.ga
有別的模樣嗎？

이것은 여성용입니까 , 남성용입니까 ?
i.go*.seun/yo*.so*ng.yong.im.ni.ga//nam.so*ng.
yong.im.ni.ga
這是女生用的，還是男生用的？

좀 싸게 줄 수 있어요 ?
jom/ssa.ge/jul/su/i.sso*.yo
可以算便宜一點嗎？

아주머님 , 이거 얼마예요 ?
a.ju.mo*.nim/i.go*/o*l.ma.ye.yo
老闆娘，這個多少錢？

봄 신상품 좀 보여 주시겠어요 ?
bom/sin.sang.pum/jom/bo.yo*/ju.si.ge.sso*.yo
可以給我看春季的新商品嗎？

싸게 주면 안 돼요 ?
ssa.ge/ju.myo*n/an/dwe*.yo
不能算便宜一點嗎？

좀 깎아 주세요 .
jom/ga.ga/ju.se.yo
算便宜一點吧！

너무 비싼 것 같네요 .
no*.mu/bi.ssan/go*t/gan.ne.yo
好像太貴了呢！

너무 비싸군요 .
no*.mu/bi.ssa.gu.nyo
太貴了呢！

더 깎아 주실 수는 없나요 ?
do*/ga.ga/ju.sil/su.neun/o*m.na.yo
不能再便宜一點嗎？

할인해 주셔서 감사합니다 .
ha.rin.he*/ju.syo*/.so*/gam.sa.ham.ni.da
謝謝你打折賣給我。

마음에 들어요 . 이걸로 주세요 .
ma.eu.me/deu.ro*.yo//i.go*l.lo/ju.se.yo
我很喜歡，我要買這個。

지금 세일 중이라서 싸게 살 수 있어요 .
ji.geum/se.il/jung.i.ra.so*/ssa.ge/sal/ssu/i.sso*.yo
現在正在打折，可以便宜買到。

저게 좋군요 . 보여 주시겠어요 ?
jo*.ge/jo.ku.nyo//bo.yo*/ju.si.ge.sso*.yo
那個不錯耶！可以給我看看嗎？

품질은 어떻습니까 ?
pum.ji.reun/o*.do*.sseum.ni.ga
品質怎麼樣？

좀 더 구경하겠습니다 .
jom/do*/gu.gyo*ng.ha.get.sseum.ni.da
我再逛逛。

잠시 생각 좀 해 보겠습니다 .
jam.si/se*ng.gak/jom/he*/bo.get.sseum.ni.da
我再考慮一下。

여기 카드 되죠 ?
yo*.gi/ka.deu/dwe.jyo
這裡可以刷卡吧？

어디에서 계산하나요 ?
o*.di.e.so*/gye.san.ha.na.yo
在哪結帳呢？

계산이 잘못된 것 같은데요 .
gye.sa.ni/jal.mot.dwen/go*t/ga.teun.de.yo
我覺得好像計算錯誤。

이것으로 하겠습니다 .
i.go*.seu.ro/ha.get.sseum.ni.da
我要買這個。

결정했어요 . 이것을 주세요 .
gyo*l.jo*ng.he*.sso*.yo//i.go*.seul/jju.se.yo
我決定了，我要買這個。

카드로 하겠습니다 .
ka.deu.ro/ha.get.sseum.ni.da
我要用信用卡付款。

이것을 환불 받고 싶은데요 .
i.go*.seul/hwan.bul/bat.go/si.peun.de.yo
我想退費。

이것을 다른 것으로 바꾸고 싶습니다 .
i.go*.seul/da.reun/go*.seu.ro/ba.gu.go/sip.
sseum.ni.da
這個我想換成其他的。

單字速查

가격　價格
ga.gyo*k
가격표　價目表
ga.gyo*k.pyo
비싸다　昂貴
bi.ssa.da

싸다	便宜
ssa.da	
반값	半價
ban.gap	
특가	特價
teuk.ga	
할인	打折
ha.rin	
모양	模樣
mo.yang	
품질	品質
pum.jil	
깎다	削價、殺價
gak.da	
할인하다	打折
ha.rin.ha.da	
보여 주다	給看、出示
bo.yo*/ju.da	
구경하다	逛、參觀
gu.gyo*ng.ha.da	
계산하다	結帳
gye.san.ha.da	
결정하다	決定
gyo*l.jo*ng.ha.da	
바꾸다	更換、交換
ba.gu.da	

在超市
슈퍼마켓에서

例句

냉동식품이 어디에 있는지 말씀해 주시겠어요 ?
ne*ng.dong.sik.pu.mi/o*.di.e/in.neun.ji/mal.
sseum.he*/ju.si.ge.sso*.yo
可以告訴我冷凍食品在哪裡嗎？

유효기간이 언제까지예요 ?
yu.hyo.gi.ga.ni/o*n.je.ga.ji.ye.yo
請問有效期限到什麼時候？

쇼핑 카트가 어디에 있습니까 ?
syo.ping/ka.teu.ga/o*.di.e/it.sseum.ni.ga
請問購物車在哪裡？

음료수는 어느 줄인가요 ?
eum.nyo.su.neun/o*.neu/ju.rin.ga.yo
請問飲料在哪一排？

신용카드도 받나요 ?
si.nyong.ka.deu.do/ban.na.yo
可以刷卡嗎？

單字速查

고기 肉
go.gi
야채 蔬菜
ya.che*

육류　　　肉類
yung.nyu

해산물　　海產
he*.san.mul

간장　　　醬油
gan.jang

우유　　　鮮乳
u.yu

향신료　　辛香料
hyang.sil.lyo

간식　　　零食
gan.sik

초콜릿　　巧克力
cho.kol.lit

음료수　　飲料
eum.nyo.su

캔커피　　罐裝咖啡
ke*n.ko*.pi

우산　　　雨傘
u.san

휴지　　　衛生紙
hyu.ji

일용품　　日用品
i.ryong.pum

냉동식품　冷凍食品
ne*ng.dong.sik.pum

在 KTV
노래방에서

例句

밤에 노래방에 갈까요 ?
ba.me/no.re*.bang.e/gal.ga.yo
晚上要不要去 KTV ？

내가 먼저 노래를 부를게요 .
ne*.ga/mo*n.jo*/no.re*.reul/bu.reul.ge.yo
我先唱。

한국 노래를 좋아하지만 부를 줄 몰라요 .
han.guk/no.re*.reul/jjo.a.ha.ji.man/bu.reul/jjul/mol.
la.yo
我喜歡韓文歌，但是不會唱。

왜 노래를 안 부르세요 ?
we*/no.re*.reul/an/bu.reu.se.yo
你為什麼不唱歌呢 ？

한국 노래방 가 본 적 있나요 ?
han.guk/no.re*.bang/ga/bon/jo*k/in.na.yo
你去過韓國的練歌房嗎 ？

單字速查

가사　歌詞
ga.sa
제목　歌名
je.mok

인기곡	人氣歌曲
in.gi.gok	
리모컨	遙控
ri.mo.ko*n	
노래방책	歌本
no.re*.bang.che*k	
탬버린	鈴鼓
te*m.bo*.rin	
마라카스	沙鈴
ma.ra.ka.seu	
노래	歌曲
no.re*	
한국노래	韓語歌
han.gung.no.re*	
일본노래	日本歌
il.bon.no.re*	
중국노래	中文歌
jung.gung.no.re*	
영어노래	英語歌
yo*ng.o*.no.re*	
팝	流行歌曲
pap	
신곡	新歌
sin.gok	
옛날 곡	老歌
yen.nal/gok	
노래를 부르다	唱歌
no.re*.reul/bu.reu.da	

在餐館
식당에서

例句

김치찌개 하나 주세요 .
gim.chi.jji.ge*/ha.na/ju.se.yo
請給我一份泡菜鍋。

이 음식은 무엇입니까 ?
i/eum.si.geun/mu.o*.sim.ni.ga
這道菜是什麼？

저는 불고기비빔밥으로 하겠습니다 .
jo*.neun/bul.go.gi.bi.bim.ba.beu.ro/ha.get.
sseum.ni.da
我要點烤肉拌飯。

저는 이것으로 하겠습니다 .
jo*.neun/i.go*.seu.ro/ha.get.sseum.ni.da
我要點這個。

지금 주문해도 되나요 ?
ji.geum/ju.mun.he*.do/dwe.na.yo
我們現在可以點菜嗎？

여기 뭐가 제일 맛있어요 ?
yo*.gi/mwo.ga/je.il/ma.si.sso*.yo
這裡什麼最好吃呢？

그럼 감자탕으로 주세요.
geu.ro*m/gam.ja.tang.eu.ro/ju.se.yo
那請給我馬鈴薯豬骨湯。

불고기 비빔밥도 하나 주세요.
bul.go.gi/bi.bim.bap.do/ha.na/ju.se.yo
再給我烤肉拌飯一份。

순두부찌개로 주세요.
sun.du.bu.jji.ge*.ro/ju.se.yo
請給我嫩豆腐鍋。

알밥으로 주세요.
al.ba.beu.ro/ju.se.yo
請給我魚卵拌飯。

너무 맵지 않게 해 주세요.
no*.mu/me*p.jji/an.ke/he*/ju.se.yo
請不要煮得太辣。

매운탕을 먹을래요.
me*.un.tang.eul/mo*.geul.le*.yo
我要吃辣魚湯。

깻잎을 넣지 마세요.
ge*n.ni.peul/no*.chi/ma.se.yo
請不要加芝麻葉。

저도 같은 것으로 하겠습니다.
jo*.do/ga.teun/go*.seu.ro/ha.get.sseum.ni.da
我也要一樣的餐點。

주문을 바꿔도 되겠습니까 ?

ju.mu.neul/ba.gwo.do/dwe.get.sseum.ni.ga

可以更改餐點嗎 ?

單字速查

한정식　　　韓定食
han.jo*ng.sik

돌솥비빔밥　石鍋拌飯
dol.sot.bi.bim.bap

떡볶이　　　辣炒年糕
do*k.bo.gi

순두부찌개　嫩豆腐鍋
sun.du.bu/jji.ge*

김치찌개　　泡菜鍋
gim.chi.jji.ge*

삼계탕　　　參雞湯
sam.gye.tang

불고기　　　烤肉
bul.go.gi

김치볶음밥　泡菜炒飯
gim.chi.bo.geum.bap

부대찌개　　部隊鍋
bu.de*.jji.ge*

매운탕　　　辣魚湯
me*.un.tang

갈비탕　　　排骨湯
gal.bi.tang

설렁탕　　　牛骨湯
so*l.lo*ng.tang

해물탕　　　辣海鮮湯
he*.mul.tang

곰탕　　　牛肉湯
gom.tang
해장국　　醒酒湯
he*.jang.guk
갈비찜　　燉排骨
gal.bi.jjim
보쌈　　　菜包白切肉
bo.ssam
순대　　　米血腸
sun.de*
칼국수　　刀切麵
kal.guk.ssu
떡국　　　年糕湯
do*k.guk
수제비　　麵片湯
su.je.bi
만두　　　水餃
man.du
비빔냉면　涼拌冷麵
bi.bim.ne*ng.myo*n

弘大入口
홍대입구

地鐵：2號線弘大入口站
지하철：2호선 홍대입구역

例句

출 추고 싶으면 홍대 근처에 가요 . 거기 나이트 클럽이 많아요 .
chum/chu.go/si.peu.myo*n/hong.de*/geun.
cho*.e/ga.yo//go*.gi/na.i.teu.keul.lo*.bi/ma.na.
yo

想跳舞的話，就去弘大附近吧。那裡有很多夜店。

여기 젊고 예쁜 여자들이 많군요 .
yo*.gi/jo*m.go/ye.beun/yo*.ja.deu.ri/man.ku.nyo

這裡年輕又漂亮的女生很多呢！

수요일에 이 클럽에 오면 여자는 무료 입장이 래요 .
su.yo.i.re/i/keul.lo*.be/o.myo*n/yo*.ja.neun/
mu.ryo/ip.jjang.i.re*.yo

聽說星期三來這家夜店，女生免費入場。

單字速查

홍익대학교　弘益大學
hong.ik.de*.hak.gyo
미술　　　　美術
mi.sul

음악	音樂
eu.mak	
아트	藝術
a.teu	
홍대클럽	弘大 Club
hong.de*.keul.lo*p	
젊은이	年輕人
jo*l.meu.ni	
프리마켓	自由市場
peu.ri.ma.ket	
춤을 추다	跳舞
chu.meul/chu.da	
나이트클럽	夜店
na.i.teu.keul.lo*p	
젊다	年輕
jo*m.da	
여자	女生
yo*.ja	
무료	免費
mu.ryo	
입장	入場
ip.jjang	
칵테일	雞尾酒
kak.te.il	

吃烤肉
불고기 먹기

弘大戀歌
홍대연가
地址：首爾市麻浦區細橋路6路40-6
주소 : 서울시 마포구 잔다리로6길 40-6
交通：2號線弘大入口站9號出口
교통 : 2호선 홍대입구역 9번 출구

例句

상추 좀 더 주시겠어요 ?
sang.chu/jom/do*/ju.si.ge.sso*.yo
可以再給我一些生菜嗎？

모듬 A 세트로 주세요 .
mo.deum/A.se.teu.ro/ju.se.yo
請給我綜合 A 套餐。

單字速查

모듬세트　綜合套餐
mo.deum.se.teu
안창살　　肝連肉
an.chang.sal
소갈비살　牛排骨肉
so.gal.bi.sal
뽈살　　　牛面頰肉
bol.sal

在自由市場
프리마켓에서

位置：首爾市麻浦區臥牛山路21路19-3
위치 : 서울시 마포구 와우산로21길 19-3
地鐵：弘大入口站9號出口
지하철 : 홍대입구역 9번 출구

例句

이 공책은 얼마예요 ?
i/gong.che*.geun/o*l.ma.ye.yo
這本筆記本多少錢？

와 . 이건 참 특이하네 .
wa//i.go*n/cham/teu.gi.ha.ne
哇，這個真特別。

곰인형이 귀엽네요 .
go.min.hyo*ng.i/gwi.yo*m.ne.yo
熊娃娃很可愛呢！

單字速查

초상화 肖像畫
cho.sang.hwa
인형 娃娃
in.hyo*ng
모자 帽子
mo.ja
액세서리 飾品
e*k.sse.so*.ri

在夜店
나이트클럽에서

例句

오늘 밤 클럽에 갈래?
o.neul/bam/keul.lo*.be/gal.le*
今天晚上要不要去夜店？

여기 너무 시끄러워요.
yo*.gi/no*.mu/si.geu.ro*.wo.yo
這裡太吵了。

몇 시까지 문을 엽니까?
myo*t/si.ga.ji/mu.neul/yo*m.ni.ga
營業到幾點？

저랑 같이 춤 추시겠어요?
jo*.rang/ga.chi/chum/chu.si.ge.sso*.yo
你願意跟我一起跳舞嗎？

분위기 좋은 나이트 클럽을 아십니까?
bu.nwi.gi/jo.eun/na.i.teu/keul.lo*.beul/a.sim.ni.ga
您知道哪裡有氣氛不錯的夜店嗎？

함께 춤을 추시겠습니까?
ham.ge/chu.meul/chu.si.get.sseum.ni.ga
可以和你一起跳舞嗎？

칵테일 있습니까?
kak.te.il/it.sseum.ni.ga
有雞尾酒嗎？

單字速查

나이트클럽　夜店
na.i.teu.keul.lo*p
춤　　　　　舞蹈
chum
음악　　　　音樂
eu.mak
술　　　　　酒
sul
밤　　　　　晚上
bam
시끄럽다　　吵鬧、喧嘩
si.geu.ro*p.da
섹시하다　　性感
sek.ssi.ha.da
분위기　　　氣氛
bu.nwi.gi
함께　　　　一起
ham.ge

在酒吧
바에서

例句

술 잘 드세요 ?
sul/jal/deu.se.yo
您很會喝酒嗎？

건배하시죠 .
go*n.be*.ha.si.jyo
我們來乾杯吧！

술 못 마셔요 .
sul/mot/ma.syo*.yo
我不會喝酒。

벌써 취했어요 ?
bo*l.sso*/chwi.he*.sso*.yo
你已經醉了啊？

토할 것 같아요 .
to.hal/go*t/ga.ta.yo
好像要吐了。

알코올이 없는 음료가 있어요 ?
al.ko.o.ri/o*m.neun/eum.nyo.ga/i.sso*.yo
有沒有酒精的飲料嗎？

원샷 !
won.syat
喝光吧！

난 술 잘 못 마시거든.
nan/sul/jal/mot/ma.si.go*.deun

我不太能喝酒。

單字速查

와인　紅酒
wa.in

위스키　威士忌
wi.seu.ki

브랜디　白蘭地
beu.re*n.di

양주　洋酒
yang.ju

샴페인　香檳
syam.pe.in

칵테일　雞尾酒
kak.te.il

과실주　水果酒
gwa.sil.ju

청주　清酒
cho*ng.ju

고량주　高粱酒
go.ryang.ju

매실주　梅酒
me*.sil.ju

客房服務
룸서비스

例句

룸서비스입니다 . 무엇을 도와 드릴까요 ?
rum.so*.bi.seu.im.ni.da//mu.o*.seul/do.wa/deu.ril.
ga.yo
客房服務您好，有什麼需要幫忙嗎？

방에서 전화를 걸 수 있습니까 ?
bang.e.so*/jo*n.hwa.reul/go*l/su/it.sseum.ni.ga
房間內可以撥打電話嗎？

여기는 210 호실인데요 . 방 좀 정리해 주세요 .
yo*.gi.neun/i.be*k.ssi.po.si.rin.de.yo//bang/jom/
jo*ng.ni.he*/ju.se.yo
這裡是 210 號房。請幫我整理一下房間。

맥주 두 병 갖다 주세요 .
me*k.jju/du/byo*ng/gat.da/ju.se.yo
請送兩瓶啤酒過來。

서비스가 만족스럽습니다 .
so*.bi.seu.ga/man.jok.sseu.ro*p.sseum.ni.da
你們的服務令人滿意。

여기 세탁 서비스가 있습니까 ?
yo*.gi/se.tak/so*.bi.seu.ga/it.sseum.ni.ga
這裡有洗衣服務嗎？

제 바지를 세탁하러 보내줄 수 있습니까?
je/ba.ji.reul/sse.ta.ka.ro*/bo.ne*.jul/su/it.sseum.
ni.ga
可以幫我送洗褲子嗎?

바로 처리해 드리겠습니다.
ba.ro/cho*.ri.he*/deu.ri.get.sseum.ni.da
馬上幫您處理。

귀중품을 맡기고 싶습니다.
gwi.jung.pu.meul/mat.gi.go/sip.sseum.ni.da
我想寄放貴重物品。

샌드위치와 커피 한 잔 주세요.
se*n.deu.wi.chi.wa/ko*.pi/han/jan/ju.se.yo
請給我三明治和一杯咖啡。

會話一

A : 국제전화를 하려고 합니다. 어떻게 걸어야
  합니까?
  guk.jje.jo*n.hwa.reul/ha.ryo*.go/ham.ni.da//
  o*.do*.ke/go*.ro*.ya/ham.ni.ga
  我想打國際電話,要怎麼打呢?

B : 어디에 전화하시겠습니까?
  o*.di.e/jo*n.hwa.ha.si.get.sseum.ni.ga
  您要打去哪裡呢?

A : 대만에 전화하려고 합니다.
  de*.ma.ne/jo*n.hwa.ha.ryo*.go/ham.ni.da
  我想打到台灣。

會話二

A : 모닝콜 서비스 부탁합니다 .
mo.ning.kol/so*.bi.seu/bu.ta.kam.ni.da
我想要個叫醒服務。

B : 아침 몇 시에 깨워 드릴까요 ?
a.chim/myo*t/si.e/ge*.wo/deu.ril.ga.yo
早上幾點叫醒您呢？

A : 내일 아침 일곱 시에 깨워 주세요 .
ne*.il/a.chim/il.gop/si.e/ge*.wo/ju.se.yo
請明天早上 7 點叫我。

單字速查

비누	肥皂
bi.nu	
샴푸	洗髮精
syam.pu	
칫솔	牙刷
chit.ssol	
치약	牙膏
chi.yak	
목욕타월	浴巾
mo.gyok.ta.wol	
샤워기	淋浴器
sya.wo.gi	

平價住宿推薦－新村、弘大附近

住宿推薦 1：Kim' s Guest House

킴스 게스트 하우스

位置：首爾市麻浦區合井洞 443-16
위치 : 서울시 마포구 합정동 443-16
地鐵：2, 6號線合井站8號出口
지하철 : 2, 6호선 합정역 8번 출구
電話號碼：+82-2-337-9894
전화번호 : +82-2-337-9894

住宿推薦 2：Stay Korea Guest House

位置：首爾市麻浦區延南洞 566-4
위치 : 서울시 마포구 연남동 566-4
地鐵：2號線弘大入口站2號出口
지하철 : 2호선 홍대입구역 2번 출구
電話號碼： +82-2-336-9026
전화번호 : +82-2-336-9026
網頁：http://www.staykorea.co.kr/
홈페이지 : http://www.staykorea.co.kr/

Unit 4 第四天
네 번째날

狎鷗亭
압구정

> **地鐵：3號線狎鷗亭羅德奧站**
> 지하철：3호선 압구정로데오역

例句

여기는 많은 연애인들이 사는 곳입니다.
yo*.gi.neun/ma.neun/yo*.ne*.in.deu.ri/sa.neun/
go.sim.ni.da
這裡是很多藝人住的地方。

여기 집 값은 엄청 비싸.
yo*.gi/jip/gap.sseun/o*m.cho*ng/bi.ssa
這裡的房價非常高。

청담동에서 사는 사람은 부자예요.
cho*ng.dam.dong.e.so*/sa.neun/sa.ra.meun/
bu.ja.ye.yo
住在青潭洞的人是有錢人。

單字速查

강남　江南
gang.nam

청담동　清潭洞
cho*ng.dam.dong
백화점　百貨公司
be*.kwa.jo*m
명품관　名牌店
myo*ng.pum.gwan
성형외과　整形外科
so*ng.hyo*ng.we.gwa
연예인　藝人
yo*.nye.in
명품　名牌
myo*ng.pum
패션거리　時尚街
pe*.syo*n.go*.ri
집값　房價
jip.gap
부자　有錢人
bu.ja
레스토랑　餐廳
re.seu.to.rang

在餐館
식당에서

清晨之家
새벽집
地址：首爾市江南區清潭洞 129-10
주소 : 서울시 강남구 청담동 129-10
交通：清潭洞站13號出口
교통 : 청담동역 13번 출구

例句

여기는 이십사시간 영업하는 식당입니다 .
yo*.gi.neun/i.sip.ssa.si.gan/yo*ng.o*.pa.neun/sik.
dang.im.ni.da
這裡是 24 小時營業的餐館。

**이 집은 청담동 일대에서 유명한 불고기집이
에요 .**
i/ji.beun/cho*ng.dam.dong/il.de*.e.so*/
yu.myo*ng.han/bul.go.gi.ji.bi.e.yo
這家店是清潭洞一帶有名的烤肉店。

單字速查

생고기　　生肉
se*ng.go.gi
육회비빔밥　生牛肉拌飯
yu.kwe.bi.bim.bap
간장게장　　醬油螃蟹
gan.jang.ge.jang
샤브샤브　　韓式火鍋
sya.beu.sya.beu

在整形外科
성형외과에서

例句

코 성형 수술을 받았어요 .
ko/so*ng.hyo*ng/su.su.reul/ba.da.sso*.yo
我整鼻子了。

제가 가장 성형하고 싶은 부위는 코예요 .
je.ga/ga.jang/so*ng.hyo*ng.ha.go/si.peun/bu.wi.
neun/ko.ye.yo
我最想整型的部位是鼻子。

어디 성형 수술 잘하는 곳 없어요 ?
o*.di/so*ng.hyo*ng/su.sul/jal.ha.neun/got/o*p.
sso*.yo
哪裡有整型厲害的地方呢？

성형 수술을 받으면 입원해야 되나요 ?
so*ng.hyo*ng/su.su.reul/ba.deu.myo*n/i.bwon.
he*.ya/dwe.na.yo
整型需要住院嗎？

계속 진통제를 먹어야 되나요 ?
gye.sok/jin.tong.je.reul/mo*.go*.ya/dwe.na.yo
需要一直吃止痛藥嗎？

지방을 빼고 싶어요 .
ji.bang.eul/be*.go/si.po*.yo
我想抽脂。

얼굴뼈를 깎고 싶어요 .
o*l.gul.byo*.reul/gak.go/si.po*.yo
我想削臉骨。

쁘띠 성형을 받고 싶어요 .
beu.di/so*ng.hyo*ng.eul/bat.go/si.po*.yo
我想微整型。

좋은 성형외과를 추천해 주세요 .
jo.eun/so*ng.hyo*ng.we.gwa.reul/chu.cho*n.he*/
ju.se.yo
請推薦不錯的整型外科給我。

코 수술 비용이 대략 얼마예요 ?
ko/su.sul/bi.yong.i/de*.ryak/o*l.ma.ye.yo
整鼻子的手術費用大概是多少呢？

**쌍꺼풀 재수술 하고 싶은데 성형외과 좋은 곳
있을까요 ?**
ssang.go*.pul/je*.su.sul/ha.go/si.peun.de/so*ng.
hyo*ng.we.gwa/jo.eun/got/i.sseul.ga.yo
我想做割雙眼皮的手術，有不錯的整型外科嗎？

單字速查

쁘띠 성형	微整形
beu.di.so*ng.hyo*ng	
성형 수술	整型手術
so*ng.hyo*ng/su.sul	
눈 성형	眼部整型
nun/so*ng.hyo*ng	
주름살 제거수술	除皺手術
ju.reum.sal/jje.go*.su.sul	

지방 흡입 　　　抽指
ji.bang/heu.bip

가슴 성형 　　　胸部整型
ga.seum/so*ng.hyo*ng

종아리 성형 　　小腿整型
jong.a.ri/so*ng.hyo*ng

쌍꺼풀 성형수술 割雙眼皮手術
ssang.go*.pul/so*ng.hyo*ng.su.sul

쌍꺼풀 성형 　　割雙眼皮
ssang.go*.pul/so*ng.hyo*ng

얼굴윤곽 교정 　臉部輪廓矯正
o*l.gu.ryun.gwak/gyo.jo*ng

보톡스 　　　　肉毒桿菌
bo.tok.sseu

히알루론산 　　玻尿酸
hi.al.lu.ron.san

지방 　　　　　脂肪
ji.bang

수술 비용 　　　手術費用
su.sul/bi.yong

부작용 　　　　副作用
bu.ja.gyong

수술 실패 　　　手術失敗
su.sul/sil.pe*

성형외과 　　　整形外科
so*ng.hyo*ng.we.gwa

성형외과 의사 　整型外科醫生
so*ng.hyo*ng.we.gwa/ui.sa

在西餐廳
레스토랑에서

例句

뭘 추천해 주시겠어요 ?
mwol/chu.cho*n.he*/ju.si.ge.sso*.yo
您推薦什麼呢？

뭐가 맛있어요 ?
mwo.ga/ma.si.sso*.yo
什麼好吃呢？

좀 있다가 주문하겠습니다 .
jom/it.da.ga/ju.mun.ha.get.sseum.ni.da
我待會在點餐。

스테이크 어떻게 해 드릴까요 ?
seu.te.i.keu/o*.do*.ke/he*/deu.ril.ga.yo
牛排要幾分熟？

많이 익혀 주세요 .
ma.ni/i.kyo*/ju.se.yo
請給我全熟的。

중간 정도 익혀 주세요 .
jung.gan/jo*ng.do/i.kyo*/ju.se.yo
請給我五分熟的。

조금 살짝 익혀 주세요 .
jo.geum/sal.jjak/i.kyo*/ju.se.yo
請給我四分熟的。

單字速查

스테이크　牛排
seu.te.i.keu

스파게티　義大利麵
seu.pa.ge.ti

샐러드　生菜沙拉
se*l.lo*.deu

수프　湯品
su.peu

식탁　餐桌
sik.tak

식탁보　餐桌布
sik.tak.bo

조미료　調味料
jo.mi.ryo

소스　醬料
so.seu

컵　杯子
ko*p

젓가락　筷子
ko*p

숟가락　湯匙
sut.ga.rak

포크　叉子
po.keu

칼　刀
kal

접시　盤子
jo*p.ssi

이쑤시개　牙籤
i.ssu.si.ge*

냅킨　餐巾
ne*p.kin

在百貨公司
백화점에서

例句

속옷을 사고 싶은데 , 어디에 가면 됩니까 ?
so.go.seul/ssa.go/si.peun.de//o*.di.e/ga.myo*n/
dwem.ni.ga
我想買內衣，要去哪買？

가전제품 매장은 어디입니까 ?
ga.jo*n.je.pum/me*.jang.eun/o*.di.im.ni.ga
家電製品賣場在哪裡？

서적 코너가 어디죠 ?
so*.jo*k/ko.no*.ga/o*.di.jyo
書籍區在哪裡？

여성복은 몇 층에 있나요 ?
yo*.so*ng.bo.geun/myo*t/cheung.e/in.na.yo
女性服飾在幾樓？

이 근처에 백화점이 있습니까 ?
i/geun.cho*.e/be*.kwa.jo*.mi/it.sseum.ni.ga
這附近有百貨公司嗎？

會話

A : 화장품 매장은 몇 층에 있습니까 ?
hwa.jang.pum/me*.jang.eun/myo*t/cheung.
e/it.sseum.ni.ga
化妝品賣場在幾樓？

B：화장품 매장은 일층에 있습니다.
hwa.jang.pum/me*.jang.eun/il.cheung.e/
it.sseum.ni.da
化妝品賣場在一樓。

單字速查

층별안내	樓層簡介
cheung.byo*.ran.ne*	
식품관	食品館
sik.pum.gwan	
고객 쉼터	顧客休息區
go.ge*k/swim.to*	
이벤트 홀	活動大廳
i.ben.teu/hol	
안내 데스크	服務台
an.ne*/de.seu.keu	
안내방송	廣播
an.ne*.bang.song	
에스컬레이터	電扶梯
e.seu.ko*l.le.i.to*	
생활용품	生活用品
se*ng.hwal.yong.pum	

韓國明星
한국 스타

例句

오빠, 사랑해요!
o.ba//sa.rang.he*.yo
哥哥，我愛你！

오빠, 멋있어요.
o.ba//mo*.si.sso*.yo
哥哥，你好帥！

오빠, 사인해 주세요.
o.ba//sa.in.he*/ju.se.yo
哥哥，幫我簽名。

오빠, 팬이에요.
o.ba//pe*.ni.e.yo
我是你的粉絲。

언니, 너무 예뻐요.
o*n.ni//no*.mu/ye.bo*.yo
姊姊，你好美。

너무 보고 싶어요.
no*.mu/bo.go/si.po*.yo
我好想你

오빠 웃는 모습이 참 멋있어요.
o.ba/un.neun/mo.seu.bi/cham/mo*.si.sso*.yo
哥哥笑得模樣真帥。

오빠를 위해 한국어를 배우고 있어요.
o.ba.reul/wi.he*/han.gu.go*.reul/be*.u.go/i.sso*.
yo

為了哥哥你，我正在學習韓國語。

單字速查

팬	粉絲
pe*n	
연예인	藝人
yo*.nye.in	
팬클럽	粉絲俱樂部
pe*n.keul.lo*p	
배우	演員
be*.u	
싸인 시디	簽名 CD
ssa.in/si.di	
가수	歌手
ga.su	
포스터	海報
po.seu.to*	
스타	明星
seu.ta	

COEX Mall
코엑스몰

> **位置：首爾市江南區永東大道513**
> 위치 : 서울시 강남구 영동대로513
> **地鐵：三成站5, 6號出口**
> 지하철 : 삼성역 5, 6번 출구

例句

**코엑스 안에 구경할 거리가 많아요 . 수족관 ,
영화관 , 카지노까지 다 있어요 .**
ko.ek.sseu/a.ne/gu.gyo*ng.hal/go*.ri.ga/ma.na.
yo//su.jok.gwan/yo*ng.hwa.gwan//ka.ji.no.ga.ji/
da/i.sso*.yo
COEX 裡面有很多可以逛的。從水族館、電影院到
賭場都有。

여권을 갖고 있지 ? 우리 카지노에 놀러 가자 .
yo*.gwo.neul/gat.go/it.jji//u.ri/ka.ji.no.e/nol.lo*/
ga.ja
你有帶護照吧？我們去賭場玩吧。

수족관에 가고 싶어요 .
su.jok.gwa.ne/ga.go/si.po*.yo
我想去水族館。

상어를 보러 갑시다 .
sang.o*.reul/bo.ro*/gap.ssi.da
我們去看鯊魚吧。

單字速查

쇼핑몰	購物中心
syo.ping.mol	
카지노	賭場
ka.ji.no	
수족관	水族館
su.jok.gwan	
영화관	電影院
yo*ng.hwa.gwan	
김치박물관	泡菜博物館
gim.chi.bang.mul.gwan	
식당	餐館
sik.dang	
옷가게	服飾店
ot.ga.ge	
신발 가게	鞋店
sin.bal/ga.ge	
오락	娛樂
o.rak	
쇼핑	購物
syo.ping	
휴식	休息
hyu.sik	

在便利商店
편의점에서

例句

담배 한 갑 주세요.
dam.be*/han/gap/ju.se.yo
請給我一包菸。

여기 티머니를 충전할 수 있어요?
yo*.gi/ti.mo*.ni.reul/chung.jo*n.hal/ssu/i.sso*.yo
這裡可以加值嗎 T-money？

여기 우산을 파나요?
yo*.gi/u.sa.neul/pa.na.yo
這裡有賣雨傘嗎？

빨대 좀 주시겠어요?
bal.de*/jom/ju.si.ge.sso*.yo
可以給我吸管嗎？

單字速查

담배 dam.be*	香菸
음료수 eum.nyo.su	飲料
과자 gwa.ja	餅乾
계산대 gye.san.de*	收銀台
금전 등록기 geum.jo*n/deung.nok.gi	收銀機

在藥局
약국에서

例句

약을 안 가져 왔어요 .
ya.geul/an/ga.jo*/wa.sso*.yo
我沒帶藥來。

거기 약국 하나 있으니 사 올게요 .
go*.gi/yak.guk/ha.na/i.sseu.ni/sa/ol.ge.yo
那裡有一間藥局，我去買。

두통 약이 있습니까 ?
du.tong/ya.gi/it.sseum.ni.ga
有頭痛藥嗎？

약국이 어디죠 ?
yak.gu.gi/o*.di.jyo
藥局在哪裡？

소화제를 사고 싶습니다 .
so.hwa.je.reul/ssa.go/sip.sseum.ni.da
我想買消化劑。

진통제를 주시겠어요 ?
jin.tong.je.reul/jju.si.ge.sso*.yo
可以給我止痛藥嗎？

감기에는 뭐가 좋습니까 ?
gam.gi.e.neun/mwo.ga/jo.sseum.ni.ga
感冒有什麼藥比較有效？

몇 알씩 먹어야 하나요 ?
myo*t/al.ssik/mo*.go*.ya/ha.na.yo
要吃幾粒？

하루에 몇 번 먹습니까 ?
ha.ru.e/myo*t/bo*n/mo*k.sseum.ni.ga
藥一天要吃幾次？

저는 알레르기 체질입니다 .
jo*.neun/al.le.reu.gi/che.ji.rim.ni.da
我是過敏體質。

單字速查

두통약　頭痛藥
du.tong.yak
변비약　便秘藥
byo*n.bi.yak
감기약　感冒藥
gam.gi.yak
안약　　眼藥水
a.nyak
소화제　消化劑
so.hwa.je
해열제　退燒藥
he*.yo*l.je
진통제　止痛藥
jin.tong.je
반창고　OK繃
ban.chang.go

在電影院
영화관에서

例句

한국 영화를 보고 싶어요 .
han.guk/yo*ng.hwa.reul/bo.go/si.po*.yo
我想看韓國電影。

무슨 영화를 볼까요 ?
mu.seun/yo*ng.hwa.reul/bol.ga.yo
要看什麼電影？

혹시 보고 싶은 영화 있어요 ?
hok.ssi/bo.go/si.peun/yo*ng.hwa/i.sso*.yo
你有想看的電影嗎？

영화 주인공은 누구예요 ?
yo*ng.hwa/ju.in.gong.eun/nu.gu.ye.yo
電影的主角是誰？

영화 표 한 장 얼마입니까 ?
yo*ng.hwa/pyo/han/jang/o*l.ma.im.ni.ga
電影票一張多少錢？

저는 복도 쪽의 자리를 원합니다 .
jo*.neun/bok.do/jjo.gui/a.ri.reul/won.ham.ni.da
我要靠走道的位置。

영화는 몇 시에 시작합니까 ?
yo*ng.hwa.neun/myo*t/si.e/si.ja.kam.ni.ga
電影幾點開始？

오후 3 시 40 분 표로 두 장 주세요 .
o.hu/se.si/sa.sip.bun/pyo.ro/du/jang/ju.se.yo
請給我 3 點 40 分的票兩張。

주인공이 너무 멋졌어요 .
ju.in.gong.i/no*.mu/mo*t.jjo*.sso*.yo
主角好帥。

나는 이 대사가 너무 마음에 들어 .
na.neun/i/de*.sa.ga/no*.mu/ma.eu.me/deu.ro*
我很喜歡這句台詞。

나는 이런 영화를 즐겨 봐요 .
na.neun/i.ro*n/yo*ng.hwa.reul/jjeul.gyo*/bwa.yo
我喜歡看這種電影。

어떤 종류의 영화를 좋아하나요 ?
o*.do*n/jong.nyu.ui/yo*ng.hwa.reul/jjo.a.ha.na.yo
你喜歡看哪種電影？

單字速查

상영시간　上映時間
sang.yo*ng.si.gan
영화표　　電影票
yo*ng.hwa.pyo
여배우　　女演員
yo*.be*.u
남배우　　男演員
nam.be*.u
주인공　　主角
ju.in.gong

연기	演技
yo*n.gi	
대사	對白
de*.sa	
자막	字幕
ja.mak	
더빙	配音
do*.bing	
스크린	銀幕
seu.keu.rin	
영화 제목	片名
yo*ng.hwa/je.mok	
영화 삽입곡	電影插曲
yo*ng.hwa/sa.bip.gok	
한국 영화	韓國電影
han.guk/yo*ng.hwa	
일본 영화	日本電影
il.bon/yo*ng.hwa	
공포 영화	恐怖電影
gong.po/yo*ng.hwa	
전쟁 영화	戰爭電影
jo*n.je*ng/yo*ng.hwa	
액션 영화	動作電影
e*k.ssyo*n/yo*ng.hwa	
멜로 영화	愛情電影
mel.lo/yo*ng.hwa	
애니메이션	動畫片
e*.ni.me.i.syo*n	

在賭場
카지노에서

例句

여기 카지노 있는데 놀러 갈까요 ?
yo*.gi/ka.ji.no/in.neun.de/nol.lo*/gal.ga.yo
這裡有賭場，要不要去玩？

나도 가고 싶은데 여권 안 가지고 왔어요 .
na.do/ga.go/si.peun.de/yo*.gwon/an/ga.ji.go/
wa.sso*.yo
我也想去，可是我沒帶護照來。

單字速查

룰렛	輪盤
rul.let	
블랙잭	廿一點
beul.le*k.jje*k	
빅휠	賭盤
bi.kwil	
포커	撲克牌遊戲
po.ko*	
비디오게임	視頻遊戲
bi.di.o.ge.im	
빙고	賓果
bing.go	
슬롯 머신	老虎機
seul.lot/mo*.sin	
파칭코	柏青哥
pa.ching.ko	

買票
표 사기

例句

매표소는 어디에 있습니까?
me*.pyo.so.neun/o*.di.e/it.sseum.ni.ga
售票處在哪裡？

티켓은 어디서 삽니까?
ti.ke.seun/o*.di.so*/sam.ni.ga
票要在哪裡買？

난타를 보고 싶은데요.
nan.ta.reul/bo.go/si.peun.de.yo
我想看亂打秀。

여기서 표를 살 수 있습니까?
yo*.gi.so*/pyo.reul/ssal/ssu/it.sseum.ni.ga
這裡可以買票嗎？

오늘 표는 아직 있습니까?
o.neul/pyo.neun/a.jik/it.sseum.ni.ga
今天的票還有嗎？

가장 싼 표는 얼마입니까?
ga.jang/ssan/pyo.neun/o*l.ma.im.ni.ga
最便宜的票多少錢？

할인 티켓은 있나요?
ha.rin/ti.ke.seun/in.na.yo
有打折票嗎？

표가 이미 매진되었습니다 .
pyo.ga/i.mi/me*.jin.dwe.o*t.sseum.ni.da
票已經賣完了。

아직 좋은 자리는 있나요 ?
a.jik/jo.eun/ja.ri.neun/in.na.yo
還有好位子嗎？

공연은 몇 시에 끝나요 ?
gong.yo*.neun/myo*t/si.e/geun.na.yo
表演幾點結束？

제가 어디서 기다려야 합니까 ?
je.ga/o*.di.so*/gi.da.ryo*.ya/ham.ni.ga
我要在哪裡等呢？

저기 줄을 서서 기다려 주세요 .
jo*.gi/ju.reul/sso*.so*/gi.da.ryo*/ju.se.yo
請在那裡排隊等待。

漢江遊覽船
한강유람선

交通：汝矣渡口站2, 3號出口
교통 : 여의나루역 2, 3번 출구

例句

어디서 유람선을 탈 수 있습니까？
o*.di.so*/yu.ram.so*.neul/tal/ssu/it.sseum.ni.ga
哪裡可以搭乘遊覽船呢？

멀미했나 봐요 . 멀미약 있어요？
mo*l.mi.he*n.na/bwa.yo//mo*l.mi.yak/i.sso*.yo
好像暈船了，有暈車藥嗎？

오늘 멀미약을 안 가져 왔는데요 .
o.neul/mo*l.mi.ya.geul/an/ga.jo*/wan.neun.
de.yo
我今天沒帶暈車藥來。

공연 내용은 뭐예요？
gong.yo*n/ne*.yong.eun/mwo.ye.yo
表演內容是什麼？

공연 시간은 어느 정도예요？
gong.yo*n/si.ga.neun/o*.neu/jo*ng.do.ye.yo
表演時間有多長？

會話一

A : 일반유람선 타고 싶은데 표 한 장에
　　얼마예요 ?
il.ba.nyu.ram.so*n/ta.go/si.peun.de/pyo/han/
jang.e/o*l.ma.ye.yo
我想搭一般遊覽船，票一張多少錢？

B : 만이천원입니다 .
ma.ni.cho*.nwo.nim.ni.da
一萬兩千韓幣。

會話二

A : 뷔페유람선 표를 두 장 주세요 .
bwi.pe.yu.ram.so*n/pyo.reul/du/jang/ju.se.yo
請給我兩張自助式餐廳遊覽船票。

B : 오만구천팔백원입니다 .
o.man.gu.cho*n.pal.be*.gwo.nim.ni.da
五萬九千八百韓幣。

單字速查

일반유람선　　一般遊覽船
il.ba.nyu.ram.so*n
라이브유람선　音樂遊覽船
ra.i.beu.yu.ram.so*n
팡팡유람선　　表演遊覽船
pang.pang.yu.ram.so*n
뷔페유람선　　自助式餐廳遊覽船
bwi.pe.yu.ram.so*n

63 大樓
63 빌딩

位置：首爾市永登浦區63路50
위치：서울시 영등포구 63로 50
地鐵：汝矣渡口站4號出口
지하철：여의나루역 4번 출구

例句

63 빌딩은 예전에 아시아에서 제일 높은 빌딩이었다 .
yuk.ssam.bil.ding.eun/ye.jo*.ne/a.si.a.e.so*/je.il/no.peun/bil.ding.i.o*t.da
63 大樓以前是亞洲最高的大樓。

밤에 63 빌딩 전망대에 가면 야경을 볼 수 있어요 .
ba.me/yuk.ssam.bil.ding/jo*n.mang.de*.e/ga.myo*n/ya.gyo*ng.eul/bol/su/i.sso*.yo
晚上去 63 大樓的展望台，可以看得到夜景。

會話一

A：전망대는 몇 층이에요 ?
jo*n.mang.de*.neun/myo*t/cheung.i.e.yo
展望台是幾樓呢？

B：전망대는 60 층입니다 .
jo*n.mang.de*.neun/yuk.ssip.cheung.im.ni.da
展望台是 60 樓。

會話二

A : 수족관 입장료는 얼마예요 ?
su.jok.gwan/ip.jjang.nyo.neun/o*l.ma.ye.yo
水族館入場費多少錢？

B : 만구천원입니다 .
man.gu.cho*.nwo.nim.ni.da
一萬九千韓幣。

單字速查

영화관　電影院
yo*ng.hwa.gwan
해양생물　海洋生物
he*.yang.se*ng.mul
펭귄　企鵝
peng.gwin
씨월드　海洋世界
ssi.wol.deu

在速食店
패스트푸드점에서

例句

이 근처에 패스트푸드점이 있습니까 ?
i/geun.cho*.e/pe*.seu.teu.pu.deu.jo*.mi/it.sseum
.ni.ga
這附近有速食餐飲店嗎？

소고기 햄버거 두 개와 중간 사이즈 콜라 두 개 주세요 .
so.go.gi/he*m.bo*.go*/du/ge*.wa/jung.gan/
sa.i.jeu/kol.la/du/ge*/ju.se.yo
我要兩個牛肉漢堡和兩杯中杯可樂。

햄버거 안에는 토마토를 넣지 말아 주세요 .
he*m.bo*.go*/a.ne.neun/to.ma.to.reul/no*.chi/
ma.ra/ju.se.yo
請不要在漢堡裡加番茄。

여기서 드시겠습니까 , 아니면 가지고 가시겠 습니까 ?
yo*.gi.so*/deu.si.get.sseum.ni.ga//a.ni.myo*n/
ga.ji.go/ga.si.get.sseum.ni.ga
您要內用還是外帶？

아이스크림 하나 주세요 .
a.i.seu.keu.rim/ha.na/ju.se.yo
請給我一個冰淇淋。

토마토 케첩 좀 주세요 .
to.ma.to/ke.cho*p/jom/ju.se.yo
請給我番茄醬。

1 번 세트로 주세요 .
il.bo*n/se.teu.ro/ju.se.yo
請給我一號餐。

후렌치 후라이 큰 거 하나 주세요 .
hu.ren.chi/hu.ra.i/keun/go*/ha.na/ju.se.yo
請給我一包大的薯條。

4 번 세트메뉴 , 가지고 갈 겁니다 .
sa.bo*n/se.teu.me.nyu//ga.ji.go/gal/go*m.ni.da
外帶 4 號餐。

아이스 아메리카노 한 잔 주세요 .
a.i.seu/a.me.ri.ka.no/han/jan/ju.se.yo
請給我一杯冰的美式咖啡。

콜라 큰 컵 한 잔 주세요 .
kol.la/keun/ko*p/han/jan/ju.se.yo
請給我一杯大杯的可樂。

가지고 갈 겁니다 .
ga.ji.go/gal/go*m.ni.da
我要帶走。

單字速查

햄버거　漢堡
he*m.bo*.go*

핫도그	熱狗
hat.do.geu	
피자	披薩
pi.ja	
치킨	炸雞
chi.kin	
샌드위치	三明治
se*n.deu.wi.chi	
후렌치 후라이	薯條
hu.ren.chi/hu.ra.i	
아이스크림	冰淇淋
a.i.seu.keu.rim	
샐러드	生菜沙拉
se*l.lo*.deu	
케첩	蕃茄醬
ke.cho*p	
세트	套餐
se.teu	
콜라	可樂
kol.la	
사이다	汽水
sa.i.da	
아메리카노	美式咖啡
a.me.ri.ka.no	
에스프레소	濃縮咖啡
e.seu.peu.re.so	
카푸치노	卡布奇諾
ka.pu.chi.no	
핫초코	熱可可
hat.cho.ko	
패스트푸드점	速食餐飲店
pe*.seu.teu.pu.deu.jo*m	

在汗蒸幕
찜질방에서

例句

같이 찜질방에 갈까요 ?
ga.chi/jjim.jil.bang.e/gal.ga.yo
要不要一起去汗蒸幕？

여기 사우나가 있습니까 ?
yo*.gi/sa.u.na.ga/it.sseum.ni.ga
這裡有三溫暖嗎？

등 좀 밀어 줄래요 ?
deung/jom/mi.ro*/jul.le*.yo
可以幫我搓背嗎？

너무 뜨거워요 .
no*.mu/deu.go*.wo.yo
好燙喔！

제 옷을 어디에 둬야 해요 ?
je/o.seul/o*.di.e/dwo.ya/he*.yo
我的衣服要放在哪裡？

저 세면 용품을 안 가져 왔어요 .
jo*/se.myo*n/yong.pu.meul/an/ga.jo*/wa.sso*.yo
我沒帶洗臉的用品。

한 명에 얼마입니까 ?
han/myo*ng.e/o*l.ma.im.ni.ga
一個人多少錢？

빨리 찜질복으로 갈아입어요 .
bal.li/jjim.jil.bo.geu.ro/ga.ra.i.bo*.yo
快點換穿桑拿服。

우리 수면실에 갑시다 .
u.ri/su.myo*n.si.re/gap.ssi.da
我們去睡眠室吧。

구운 계란하고 식혜를 먹고 싶어요 .
gu.un/gye.ran.ha.go/si.kye.reul/mo*k.go/si.po*.yo
我想吃烤雞蛋和甜米露。

때밀이 가격은 얼마예요 ?
de*.mi.ri/ga.gyo*.geun/o*l.ma.ye.yo
搓背要多少錢？

수건은 어디서 구할 수 있어요 ?
su.go*.neun/o*.di.so*/gu.hal/ssu/i.sso*.yo
毛巾要去哪裡拿？

單字速查

찜질방	桑拿房
jjim.jil.bang	
대중사우나	大眾三温暖
de*.jung.sa.u.na	
소금찜질방	鹽窯房
so.geum.jjim.jil.bang	
토굴방	土窟房
to.gul.bang	
옥한증막	玉汗蒸幕
o.kan.jeung.mak	

Unit 5 第五天
다섯 번째날

樂天世界
롯데월드

位置：首爾市松坡區奧林匹克路240
위치 : 서울시 송파구 올림픽로240
地鐵：蠶室站3號出口
지하철 : 잠실역 3번 출구

例句

오늘은 우리 롯데월드에 가기로 했어요 .
o.neu.reun/u.ri/rot.de.wol.deu.e/ga.gi.ro/he*.sso*.
yo
今天我們決定去樂天世界了。

자유 입장권은 얼마입니까 ?
ja.yu/ip.jjang.gwo.neun/o*l.ma.im.ni.ga
自由入場卷要多少錢？

사람이 너무 많아서 많이 타지도 못했네요 .
sa.ra.mi/no*.mu/ma.na.so*/ma.ni/ta.ji.do/
mo.te*n.ne.yo
人太多了，很多都玩不到。

회전목마를 타고 싶어요 .
hwe.jo*n.mong.ma.reul/ta.go/si.po*.yo
我想玩旋轉木馬。

어느 것부터 놀까요 ?
o*.neu/go*t.bu.to*/nol.ga.yo
從哪一個開始玩呢？

저기 청룡열차가 있네요 . 우리 저것을 탑시다 .
jo*.gi/cho*ng.nyong.yo*l.cha.ga/in.ne.yo//u.ri/jo*.
go*.seul/tap.ssi.da
那裡有雲霄飛車耶！我們玩那個吧。

불꽃놀이는 몇 시부터 시작하나요 ?
bul.gon.no.ri.neun/myo*t/si.bu.to*/si.ja.ka.na.yo
煙火是幾點開始？

오늘 특별한 공연이 있습니까 ?
o.neul/teuk.byo*l.han/gong.yo*.ni/it.sseum.ni.ga
今天有特別活動嗎？

單字速查

놀이공원	遊樂園
no.ri.gong.won	
테마파크	主題樂園
te.ma.pa.keu	
매직아일랜드	魔幻島
me*.ji.ga.il.le*n.deu	
회전목마	旋轉木馬
hwe.jo*n.mong.ma	
관람차	摩天輪
gwal.lam.cha	
선물가게	禮品店
so*n.mul.ga.ge	

개장 시간 ge*.jang/si.gan	開館時間
폐장 시간 pye.jang/si.gan	閉館時間
할인권 ha.rin.gwon	折價卷
평일 pyo*ng.il	平日
야간 ya.gan	夜間
자유이용권 ja.yu.i.yong.gwon	自由通行票
유실물 센터 yu.sil.mul/sen.to*	遺失物招領處
롯데월드 아이스링크 rot.de.wol.deu/a.i.seu.ring.keu	樂天世界溜冰場

在樂天超市
롯데마트에서

例句

한국 과자도 종류가 참 많아요.
han.guk/gwa.ja.do/jong.nyu.ga/cham/ma.na.yo
韓國零食的種類也真多呢！

이것은 무슨 과자예요?
i.go*.seun/mu.seun/gwa.ja.ye.yo
這個是什麼餅乾？

죄송하지만 다 떨어졌는데요.
jwe.song.ha.ji.man/da/do*.ro*.jo*n.neun.de.yo
對不起，都賣完了。

비닐 봉지 하나 주시겠어요?
bi.nil/bong.ji/ha.na/ju.si.ge.sso*.yo
可以給我一個塑膠袋嗎？

포인트 카드를 가지고 계세요?
po.in.teu/ka.deu.reul/ga.ji.go/gye.se.yo
您有會員卡嗎？

會話

A : **이 음료수 안에는 뭐가 들어 있나요?**
i/eum.nyo.su/a.ne.neun/mwo.ga/deu.ro*/
in.na.yo
這個飲料裡面含有什麼成分？

B：포도즙이 들어 있어요.
po.do.jeu.bi/deu.ro*/i.sso*.yo
含有葡萄汁。

單字速查

마트 ma.teu	超市
라면 ra.myo*n	泡麵
신라면 sil.la.myo*n	辛拉麵
음료수 eum.nyo.su	飲料
고추장 go.chu.jang	辣椒醬
통조림 tong.jo.rim	罐頭
과자 gwa.ja	餅乾、零食
캔디 ke*n.di	糖果
옥수수염차 ok.ssu.su.yo*m.cha	玉米鬚茶
바나나우유 ba.na.na.u.yu	香蕉牛奶

在禮品店
선물 가게

例句

기념품 가게는 어디에 있어요 ?
gi.nyo*m.pum/ga.ge.neun/o*.di.e/i.sso*.yo
紀念品店在哪裡呢？

선물을 사야 해서 좀 볼게요 .
so*n.mu.reul/ssa.ya/he*.so*/jom/bol.ge.yo
我得買禮物，我去看一下。

추억으로 엽서 한 장 살까 ?
chu.o*.geu.ro/yo*p.sso*/han/jang/sal.ga
買張明信片做紀念好了。

한복 인형도 좋은 선물이 돼요 .
han.bok/in.hyo*ng.do/jo.eun/so*n.mu.ri/dwe*.yo
韓服娃娃也是不錯的禮物。

선물용으로 포장해 주세요 .
so*n.mu.ryong.eu.ro/po.jang.he*/ju.se.yo
我要送人，請幫我包裝。

종이 봉지 하나 더 주시겠습니까 ?
jong.i/bong.ji/ha.na/do*/ju.si.get.sseum.ni.ga
可以再給我一個紙袋嗎？

포장해 주시겠어요 ?
po.jang.he*/ju.si.ge.sso*.yo
可以幫我包裝嗎？

예쁘게 포장해 주세요.
ye.beu.ge/po.jang.he*/ju.se.yo
請幫我包裝得漂亮一點。

單字速查

기념품　紀念品
gi.nyo*m.pum

선물　禮物
so*n.mul

엽서　明信片
yo*p.sso*

인형　娃娃
in.hyo*ng

종이 봉지　紙袋
jong.i/bong.ji

포장하다　包裝
po.jang.ha.da

포장지　包裝紙
po.jang.ji

종이상자　紙箱
jong.i.sang.ja

退房
체크아웃

例句

체크아웃 하겠습니다 . 열쇠가 여기 있습니다 .
che.keu.a.ut/ha.get.sseum.ni.da//yo*l.swe.ga/
yo*.gi/it.sseum.ni.da
我要退房，鑰匙在這裡。

이틀 앞당겨 가려고 합니다 .
i.teul/ap.dang.gyo*/ga.ryo*.go/ham.ni.da
我要提早兩天走。

신용카드를 받습니까 ?
si.nyong.ka.deu.reul/bat.sseum.ni.ga
可以刷卡嗎？

인천공항에 가려면 어떻게 가야 됩니까 ?
in.cho*n.gong.hang.e/ga.ryo*.myo*n/o*.do*.ke/
ga.ya/dwem.ni.ga
該如何去仁川機場呢？

일주일 더 숙박하려고 합니다 .
il.ju.il/do*/suk.ba.ka.ryo*.go/ham.ni.da
我想多住一星期。

이 호텔의 명함을 한 장 주세요 .
i/ho.te.rui/myo*ng.ha.meul/han/jang/ju.se.yo
請給我一張這間飯店的名片。

제 짐을 로비로 옮겨 주세요.
je/ji.meul/ro.bi.ro/om.gyo*/ju.se.yo
請幫我把行李搬到大廳。

單字速查

비용　　費用
bi.yong
체크인　　入住手續
che.keu.in
체크아웃　　退房手續
che.keu.a.ut
계산서　　帳單
gye.san.so*

回國
귀국할 때

例句

뭐 좀 먹고 갈까요 ?
mwo/jom/mo*k.go/gal.ga.yo
我們吃點什麼再走吧！

한국에서 식사하는 것이 마지막이니까 삼계탕을 먹을까요 ?
han.gu.ge.so*/sik.ssa.ha.neun/go*.si/ma.ji.ma.gi.ni.ga/sam.gye.tang.eul/mo*.geul.ga.yo
最後一次在韓國用餐了，吃參雞湯好嗎？

어차피 기내식이 나오니까 간단하게 먹읍시다 .
o*.cha.pi/gi.ne*.si.gi/na.o.ni.ga/gan.dan.ha.ge/mo*.geup.ssi.da
反正會有飛機餐，我們簡單吃吃就好吧。

비행기는 12 시에 떠날 겁니다 .
bi.he*ng.gi.neun/yo*l/du.si.e/do*.nal/go*m.ni.da
飛機 12 點起飛。

몇 번 버스가 인천 공항으로 갑니까 ?
myo*t/bo*n/bo*.seu.ga/in.cho*n/gong.hang.eu.ro/gam.ni.ga
幾號公車會到仁川機場呢？

지하철을 타면 인천 공항에 도착할 수 있습니까?

ji.ha.cho*.reul/ta.myo*n/in.cho*n/gong.hang.e/do.cha.kal/ssu/it.sseum.ni.ga

搭地鐵可以抵達仁川機場嗎？

인천 공항으로 가 주세요.

in.cho*n/gong.hang.eu.ro/ga/ju.se.yo

請帶我到仁川機場。

(單字速查)

귀국하다　回國
gwi.gu.ka.da

비행기　　飛機
bi.he*ng.gi

공항　　　機場
gong.hang

짐　　　　行李
jim

送機時
배웅할 때

例句

이번 여행은 즐거웠어요?
i.bo*n/yo*.he*ng.eun/jeul.go*.wo.sso*.yo
這次的旅行好玩嗎？

그 동안 여러가지 접대해 줘서 고마워요.
geu/dong.an/yo*.ro*.ga.ji/jo*p.de*.he*/jwo.so*/
go.ma.wo.yo
這段時間謝謝你熱情招待我。

다음에 대만에 놀러 오면 내가 접대할게요.
da.eu.me/de*.ma.ne/nol.lo*/o.myo*n/ne*.ga/
jo*p.de*.hal.ge.yo
下次你來台灣玩的話，我來招待你。

신세 많이 졌어요. 감사해요.
sin.se/ma.ni/jo*.sso*.yo//gam.sa.he*.yo
給你添麻煩了，謝謝。

**4박 5일은 너무 짧아요. 아직 많은 곳에 안 가
봤는데.**
sa.bak/o.i.reun/no*.mu/jjal.ba.yo//a.jik/ma.neun/
go.se/an/ga/bwan.neun.de
五天四夜太短了，我還有很多地方沒去到。

한국은 좋은 곳이에요 . 꼭 다시 오겠어요 .
han.gu.geun/jo.eun/go.si.e.yo//gok/da.si/o.ge.
sso*.yo
韓國是很棒的地方，我一定會再來的。

대만에 도착하면 연락 줄게요 .
de*.ma.ne/do.cha.ka.myo*n/yo*l.lak/jul.ge.yo
我到台灣再跟你聯絡。

메일로 사진 보내 줄게요 .
me.il.lo/sa.jin/bo.ne*/jul.ge.yo
我會用電子郵件把照片寄給你。

그럼 다음에 또 봐요 .
geu.ro*m/da.eu.me/do/bwa.yo
那下次再見。

在機場
공항에서

例句

탑승 수속은 어디에서 합니까?
tap.sseung/su.so.geun/o*.di.e.so*/ham.ni.ga
要在哪裡辦登機手續？

대한항공 카운터는 어디입니까?
de*.han.hang.gong/ka.un.to*.neun/o*.di.im.ni.ga
大韓航空的櫃檯在哪裡？

지금 탑승 수속을 할 수 있습니까?
ji.geum/tap.sseung.su.so.geul/hal/ssu/it.sseum.ni.ga
現在可以辦理登機手續嗎？

여권과 항공권을 주시겠습니까?
yo*.gwon.gwa/hang.gong.gwo.neul/jju.si.get.sseum.ni.ga
請您出示護照和機票。

짐이 두 개 있습니다.
ji.mi/du/ge*/it.sseum.ni.da
我有兩個行李。

짐 무게가 초과되었습니다.
jim/mu.ge.ga/cho.gwa.dwe.o*t.sseum.ni.da
您的行李超重了。

창문 쪽으로 부탁합니다 .
chang.mun/jjo.geu.ro/bu.ta.kam.ni.da
我要靠窗的位子。

창가 자리로 주세요 .
chang.ga/ja.ri.ro/ju.se.yo
請給我靠窗的位子。

몇 번 탑승구입니까 ?
myo*t/bo*n/tap.sseung.gu.im.ni.ga
是幾號登機門？

대만에 몇 시에 도착합니까 ?
de*.ma.ne/myo*t/si.e/do.cha.kam.ni.ga
幾點抵達台灣？

單字速查

탑승구　　登機門
tap.sseung.gu
기내식　　飛機餐
gi.ne*.sik
좌석 번호　座位號碼
jwa.so*k/bo*n.ho
탑승 수속　登機手續
tap.sseung/su.sok
면세품　　免稅商品
myo*n.se.pum

背包客基本要會的
韓語便利句

首爾推薦
美食店

서울 맛집 추천

Unit 1 明洞商圈
명동 상권

交通：地鐵4號線424明洞站
교통 : 지하철 4호선 424명동역

重點單字

복식	服飾
bok.ssik

신발　　　　鞋子
sin.bal

화장품　　　化妝品
hwa.jang.pum

명동성당　　明洞聖堂
myo*ng.dong.so*ng.dang

한증막　　　汗蒸幕
han.jeung.mak

롯데 백화점　樂天百貨公司
rot.de/be*.kwa.jo*m

길거리 음식　路邊小吃
gil.go*.ri/eum.sik

推薦美食店
음식점 추천

明洞餃子
명동교자
地址：首爾市中區明洞2街 25-2
주소 : 서울시 중구 명동2가 25-2

菜名

칼국수	刀削麵
kal.guk.ssu	
비빔국수	韓式拌麵
bi.bim.guk.ssu	
만두	餃子
man.du	
콩국수	豆漿麵
kong.guk.ssu	

例句

칼국수 하나 , 만두 하나 주세요 .
kal.guk.ssu/ha.na//man.du/ha.na/ju.se.yo
請給我一份刀削麵和一份餃子。

비빔국수 정말 매워요 .
bi.bim.guk.ssu/jo*ng.mal/me*.wo.yo
韓式拌麵真的很辣。

推薦美食店
음식점 추천

百濟參雞湯
백제삼계탕
地址：首爾市中區明洞8路8-10 2樓
주소 : 서울시 중구 명동8길 8-10 2층

菜名

삼계탕　參雞湯
sam.gye.tang
오골계탕　烏骨雞湯
o.gol.gye.tang

會話

A : 여기 삼계탕 하나 주세요 .
yo*.gi/sam.gye.tang/ha.na/ju.se.yo
請給我一份參雞湯。

B : 삼계탕 하나요 ?
sam.gye.tang/ha.na.yo
一份參雞湯嗎？

A : 네 , 삼계탕 하나요 .
ne//sam.gye.tang/ha.na.yo
對，一份參雞湯。

B : 네 , 금방 갖다 드릴게요 .
ne//geum.bang/gat.da/deu.ril.ge.yo
好的，馬上拿來給您。

推薦美食店
음식점 추천

安東燉雞
안동찜닭
地址：首爾市中區明洞1街59-20
주소 : 서울시 중구 명동1가 59-20

菜名

찜닭　　燉雞
jjim.dak
해물 찜닭　海鮮燉雞
he*.mul/jjim.dak
누룽지탕　鍋巴湯
nu.rung.ji.tang

例句

두 명인데 찜닭 소짜는 양이 적을까요 ?
du/myo*ng.in.de/jjim.dak/so.jja.neun/yang.i/jo*.
geul.ga.yo
兩個人吃小份的燉雞量會太少嗎？

찜닭은 많이 매운가요 ?
jjim.dal.geun/ma.ni/me*.un.ga.yo
燉雞很辣嗎？

너무 맵지 않게 해 주세요 .
no*.mu/me*p.jji/an.ke/he*/ju.se.yo
請不要煮得太辣。

推薦美食店
음식점 추천

全州中央會館
전주중앙회관
地址：首爾市中區忠武路1街 24-11
주소 : 서울시 중구 충무로1가 24-11

菜名

전주곱돌비빔밥 全州石鍋拌飯
jo*n.ju.gop.dol.bi.bim.bap
야채육회비빔밥 蔬菜生肉石鍋拌飯
ya.che*.yu.kwe.bi.bim.bap

會話

A : 비빔밥 하나 주세요 .
bi.bim.bap/ha.na/ju.se.yo
請給我一份拌飯。

B : 비빔밥 나왔습니다 .
bi.bim.bap/na.wat.sseum.ni.da
這是您的拌飯。

A : 아 , 감사합니다 .
a//gam.sa.ham.ni.da
啊，謝謝。

B : 맛있게 드세요 .
ma.sit.ge/deu.se.yo
請慢用。

推薦美食店
음식점 추천

元堂馬鈴薯豬骨湯
원당 감자탕
地址：首爾市中區忠武路1街25-33
주소 : 서울시 중구 충무로1가 25-33

菜名

감자탕 豬骨湯
gam.ja.tang
뼈찜　燉骨頭
byo*.jjim
공기밥 白飯
gong.gi.bap

例句

감자탕 소짜랑 소주 하나 주세요 .
gam.ja.tang/so.jja.rang/so.ju/ha.na/ju.se.yo
請給我小份的馬鈴薯豬骨湯和一瓶燒酒。

당면 사리 하나 넣어 주세요 .
dang.myo*n/sa.ri/ha.na/no*.o*/ju.se.yo
請幫我加一份冬粉。

육수 좀 더 부어 주세요 .
yuk.ssu/jom/do*/bu.o*/ju.se.yo
請再幫我加一點肉湯。

推薦美食店
음식점 추천

味加本
미가본
地址：首爾市中區明洞路56桂林大樓2樓
주소 : 서울시 중구 명동길 56 계림빌딩 2층

菜名

새우죽　　　　　鮮蝦粥
se*.u.juk
전복죽　　　　　鮑魚粥
jo*n.bok.jjuk
대게죽　　　　　大螃蟹粥
de*.ge.juk
쇠고기표고버섯죽　牛肉香菇粥
swe.go.gi.pyo.go.bo*.so*t.jjuk

例句

야채죽 하나 주세요 .
ya.che*.juk/ha.na/ju.se.yo
請給我一碗野菜粥。

친구가 버섯 굴죽을 주문했어요 .
chin.gu.ga/bo*.so*t/gul.juk/geul/jju.mun.he*.sso*.
yo
朋友點了香菇牡蠣粥。

推薦美食店
음식점 추천

明洞炸豬排
명동돈가스
地址：首爾市中區明洞1街59-13
주소 : 서울시 중구 명동1가59-13

菜名

로스가스　炸豬排
ro.seu.ga.seu
코돈부루　藍帶豬排
ko.don.bu.ru
생선가스　炸魚排
se*ng.so*n.ga.seu
새우후라이　炸蝦
se*.u.hu.ra.i

例句

돈가스 소스를 많이 뿌려 주세요 .
don.ga.seu/so.seu.reul/ma.ni/bu.ryo*/ju.se.yo
請幫我多淋一點豬排醬汁。

여기 야채 소스가 참 맛있네요 .
yo*.gi/ya.che*/so.seu.ga/cham/ma.sin.ne.yo
這裡的野菜醬汁很好吃耶！

推薦美食店
음식점 추천

明洞咸興麵屋
명동함흥면옥
地址：首爾市中區明洞2街26-1
주소 : 서울시 중구 명동2가 26-1

菜名

고기냉면　肉冷麵
go.gi.ne*ng.myo*n
회냉면　生魚片冷麵
hwe.ne*ng.myo*n
물냉면　水冷麵
mul.le*ng.myo*n
홍어회　生拌斑鰩
hong.o*.hwe

例句

여기는 아주 유명한 냉면집이에요 .
yo*.gi.neun/a.ju/yu.myo*ng.han/ne*ng.myo*n.
ji.bi.e.yo
這裡是很有名的冷麵店。

냉면 맛은 뛰어납니다 .
ne*ng.myo*n/ma.seun/dwi.o*.nam.ni.da
冷麵的味道很棒。

推薦美食店
음식점 추천

挪夫部隊鍋
놀부 부대찌개
地址：首爾市中區明洞2街32-3
주소 : 서울시 중구 명동2가 32-3

菜名

해물부대전골 海鮮部隊火鍋
he*.mul.bu.de*.jo*n.gol
놀부부대찌개 挪夫部隊鍋
nol.bu.bu.de*.jji.ge*
김치부대찌개 泡菜部隊鍋
gim.chi.bu.de*.jji.ge*

例句

부대찌개 이인분 주세요 .
bu.de*.jji.ge*/i.in.bun/ju.se.yo
請給我兩人份的部隊鍋。

**부대찌개 대짜를 시켜야 양껏 드실 수 있습니
다 .**
bu.de*.jji.ge*/de*.jja.reul/ssi.kyo*.ya/yang.go*t/
deu.sil/su/it.sseum.ni.da
點大份的部隊鍋才可以盡情享用。

推薦美食店
음식점 추천

> **明洞老奶奶章魚**
> 명동할매낙지
> **地址：首爾市中區明洞2街31-7**
> 주소 : 서울시 중구 명동2가 31-7

菜名

낙지백반　　章魚飯
nak.jji.be*k.ban
제육백반　　豬肉飯
je.yuk.be*k.ban
오징어백반　魷魚飯
o.jing.o*.be*k.ban
낙지볶음　　辣炒章魚
nak.jji.bo.geum

例句

낙지백반을 먹고 싶어요 .
nak.jji.be*k.ba.neul/mo*k.go/si.po*.yo
我想吃章魚飯。

저기요 , 여기 오징어백반 하나요 .
jo*.gi.yo//yo*.gi/o.jing.o*.be*k.ban/ha.na.yo
服務員，這裡要一份魷魚飯。

推薦美食店
음식점 추천

神仙雪濃湯
신선설농탕
地址：首爾市中區明洞2街2-2
주소 : 서울시 중구 명동2가2-2

菜名

신선설농탕　神仙雪濃湯
sin.so*n.so*l.long.tang
만두설농탕　餃子雪濃湯
man.du.so*l.long.tang
떡국설농탕　年糕雪濃湯
do*k.guk.sso*l.long.tang
도가니탕　牛筋軟骨湯
do.ga.ni.tang

例句

아줌마 , 여기 두부야채설농탕 주세요 .
a.jum.ma/yo*.gi/du.bu.ya.che*.so*l.long.tang/
ju.se.yo
阿姨，請給我豆腐野菜雪濃湯。

깍두기도 한 번 먹어 봐요 .
gak.du.gi.do/han/bo*n/mo*.go*/bwa.yo
你吃吃看蘿蔔塊泡菜吧。

Unit 2 東大門商圈
동대문 상권

> **交通：地鐵1號線(4號線)**
> **421(128) 東大門站**
> 교통 : 지하철 1호선(4호선)
> 421(128) 동대문역

重點單字

동대문 시장 dong.de*.mun/si.jang	東大門市場
동대문역사문화공원 dong.de*.mu.nyo*k.ssa.mun.hwa.gong.won	東大門歷史文化公園
동대문 흥인지문 dong.de*.mun/heung.in.ji.mun	東大門興仁之門
동대문종합시장 dong.de*.mun.jong.hap.ssi.jang	東大門綜合市場
도매상가 do.me*.sang.ga	批發商街
패션의류 pe*.syo*.nui.ryu	流行衣類
닭 한마리 dak/han.ma.ri	一隻雞

推薦美食店
음식점 추천

陳玉華一隻雞
진옥화할매 닭 한마리
地址：首爾市鐘路區鐘路5街 265-22
주소 : 서울시 종로구 종로5가 265-22

菜名

닭 한마리　一隻雞
dak/han.ma.ri
국수사리　麵條
guk.ssu.sa.ri
떡사리　年糕
do*k.ssa.ri
파사리　蔥段
pa.sa.ri

例句

닭 한마리 먹으러 왔어요 .
dak/han.ma.ri/mo*.geu.ro*/wa.sso*.yo
我們是來吃一隻雞的。

감자사리 하나 더 추가요 .
gam.ja.sa.ri/ha.na/do*/chu.ga.yo
再給我一份馬鈴薯片。

推薦美食店
음식점 추천

橋村炸雞
교촌치킨
地址：首爾市中區新堂洞217-105
주소：서울시 중구 신당동 217-105

菜名

교촌허니 오리지날　橋村蜂蜜炸雞（整隻雞）
gyo.chon.ho*.ni/o.ri.ji.nal
교촌레드스틱　　　橋村辣味雞腿
gyo.chol.le.deu.seu.tik
교촌오리지날　　　橋村原味全雞
gyo.cho.no.ri.ji.nal
맥주　　　　　　　啤酒
me*k.jju

例句

순살치킨으로 주세요．
sun.sal.chi.ki.neu.ro/ju.se.yo
請給我無骨炸雞。

영업시간이 어떻게 되죠？
yo*ng.o*p.ssi.ga.ni/o*.do*.ke/dwe.jyo
請問營業時間是幾點到幾點？

推薦美食店
음식점 추천

東華飯店炸醬麵
동화반점 짜장면
地址：首爾市中區乙支路6街18-95
주소 : 서울시 중구 을지로6가 18-95

菜名

짜장면　炸醬麵
jja.jang.myo*n
짬뽕　　炒碼麵
jjam.bong
탕수육　糖醋肉
tang.su.yuk
잡채　　雜菜
jap.che*

例句

자장면 하나랑 덴부라 하나 주세요 .
ja.jang.myo*n/ha.na.rang/den.bu.ra/ha.na/ju.se.
yo
請給我一碗炸醬麵和一份天婦羅。

우리 자장면 두 그릇을 시켰어요 .
u.ri/ja.jang.myo*n/du/geu.reu.seul/ssi.kyo*.sso*.yo
我們點了兩碗炸醬麵。

推薦美食店
음식점 추천

姜虎東白丁烤肉店
강호동백정
地址：首爾市中區乙支路6街18-37 2F
주소 : 서울시 중구 을지로6가 18-37 2F

菜名

돼지불고기　　調味豬肉
dwe*.ji.bul.go.gi
칼집생삼겹살　刀削鮮五花肉
kal.jjip.sse*ng.sam.gyo*p.ssal
양념소갈비살　調味牛排肉
yang.nyo*m.so.gal.bi.sal
된장찌개　　大醬湯
dwen.jang.jji.ge*

例句

된장찌개 일인분하고 삼겹살 이인분 주세요 .
dwen.jang.jji.ge*/i.rin.bun.ha.go/sam.gyo*p.ssal/
i.in.bun/ju.se.yo
請給我一份的大醬鍋和兩人份的五花肉。

여기 소갈비살 이인분하고 소주 한 병 주세요 .
yo*.gi/so.gal.bi.sal/i.in.bun.ha.go/so.ju/han/
byo*ng/ju.se.yo
請給我兩人份的牛排肉和一瓶燒酒。

推薦美食店
음식점 추천

好吃的嫩豆腐鍋&泡菜鍋
맛있는 순두부&김치찜
地址：首爾市中區乙支路6街18-71
주소：서울시 중구 을지로6가 18-71

菜名

해물순두부	海鮮嫩豆腐鍋
he*.mul.sun.du.bu	
똑배기 불고기	砂鍋烤肉
duk.be*.gi/bul.go.gi	
김치찜	泡菜鍋
gim.chi.jjim	
계란말이	雞蛋捲
gye.ran.ma.ri	

例句

김치찌개 하나랑 순두부찌개 하나 주세요.
gim.chi.jji.ge*/ha.na.rang/sun.du.bu.jji.ge*/ha.na/
ju.se.yo
請給我一個泡菜鍋和一個嫩豆腐鍋。

그리고 막걸리 한 병이요.
geu.ri.go/mak.go*l.li/han/byo*ng.i.yo
然後再一瓶米酒。

Unit 3 南大門市場
남대문시장

交通：地鐵4號線 425會賢站
교통 : 지하철 4호선 425 회현역

重點單字

특산물 가게	土產店
teuk.ssan.mul/ga.ge	
김	海苔
gim	
인삼	人參
in.sam	
유자차	柚子茶
yu.ja.cha	
액세서리	飾品
e*k.sse.so*.ri	
문구	文具
mun.gu	
일상잡화	日用雜貨
il.sang.ja.pwa	

推薦美食店
음식점 추천

順天大豬腳
순천왕족발
地址：首爾市中區南倉洞 34-123
주소 : 서울시 중구 남창동 34-123

菜名

족발　豬腳
jok.bal
순대국　米腸湯
sun.de*.guk
해장국　解酒湯
he*.jang.guk
술국　下酒湯
sul.guk

例句

우리 족발 중짜로 시킬까요？
u.ri/jok.bal/jjung.jja.ro/si.kil.ga.yo
我們點中份的豬腳好嗎？

이 콩나물국이 참 맛있어요.
i/kong.na.mul.gu.gi/cham/ma.si.sso*.yo
這碗豆芽湯真好喝。

推薦美食店
음식점 추천

家美谷傳統手工包子
가메골 옛날 손 왕만두
地址：首爾市中區南倉洞60-2
주소：서울 중구 남창동60-2

菜名

왕만두　　包子
wang.man.du
순한맛　　原味
sun.han.mat
매운맛　　辣味
me*.un.mat
박스포장　盒子包裝
bak.sseu.po.jang

會話

A：찐빵 한 개에 얼마예요?
　　jjin.bang/han/ge*.e/o*l.ma.ye.yo
　　紅豆餡包子一個多少錢？

B：찐빵 한 개에 천원입니다.
　　jjin.bang/han/ge*.e/cho*.nwo.nim.ni.da
　　紅豆餡包子一個一千韓圜。

推薦美食店
음식점 추천

韓順子奶奶手工刀削麵
한순자 할머니 손 칼국수 집
地址：首爾市中區南倉洞48-12
주소 : 서울시 중구 남창동 48-12

菜名

칼국수 刀削麵
kal.guk.ssu
수제비 麵片湯
su.je.bi
쫄면 韓式 QQ 麵
jjol.myo*n
보리밥 大麥飯
bo.ri.bap

例句

수제비 한 그릇 주세요 .
su.je.bi/han/geu.reut/ju.se.yo
請給我一碗麵片湯。

여기서 무엇을 먹든지 냉면은 공짜입니다 .
yo*.gi.so*/mu.o*.seul/mo*k.deun.ji/ne*ng.myo*.
neun/gong.jja.im.ni.da
在這裡不管吃什麼，冷麵都是免費的。

推薦美食店
음식점 추천

黑糖煎餅三國志
호떡 삼국지
地址：首爾市中區南大門路4街3-5號
주소 : 서울시 중구 남대문로 4가 3-5호

菜名

찹쌀호떡　糯米黑糖餅
chap.ssal.ho.do*k

핫바　　　魚漿棒
hat.ba

핫도그　　熱狗
hat.do.geu

도너츠　　甜甜圈
do.no*.cheu

例句

호떡 한 개에 천원입니까 ?
ho.do*k/han/ge*.e/cho*.nwo.nim.ni.ga
黑糖煎餅一個一千韓圜嗎？

떡 핫바 하나하고 호떡 하나 주세요 .
do*k/hat.ba/ha.na.ha.go/ho.do*k/ha.na/ju.se.yo
請給我一個年糕魚漿棒和一個黑糖煎餅。

推薦美食店
음식점 추천

南大門名物海鮮野菜糖餅
남대문 명물 해물야채호떡
位置：南大門地下商街2號出口前
위치 : 남대문 지하상가 2번 출구 앞

菜名

해물야채호떡　海鮮野菜糖餅
he*.mu.rya.che*.ho.do*k
야채호떡　　　野菜糖餅
ya.che*.ho.do*k
꿀호떡　　　　蜂蜜糖餅
gul.ho.do*k

例句

해물야채호떡 두 개 주세요 .
he*.mu.rya.che*.ho.do*k/du/ge*/ju.se.yo
請給我兩個海鮮野菜糖餅。

정말 매콤해 보이네요 .
jo*ng.mal/me*.kom.he*/bo.i.ne.yo
看起來很辣呢！

Unit 4 惠化附近
혜화 근처

交通：地鐵4號線420惠化站
교통 : 지하철 4호선 420혜화역

重點單字

| 대학로 | 大學路 |
| de*.hang.no | |

성균관대학교　成均館大學
so*ng.gyun.gwan.de*.hak.gyo

벽화　　　　壁畫
byo*.kwa

카페　　　　咖啡廳
ka.pe

커피　　　　咖啡
ko*.pi

빵집　　　　麵包店
bang.jip

극장　　　　劇院
geuk.jjang

推薦美食店
음식점 추천

惠化石頭大叔
혜화돌쇠아저씨
地址：首爾市鐘路區明倫洞4街23號
주소 : 서울시 종로구 명륜동 4가 23번지

菜名

고르곤졸라피자　藍黴乳酪披薩
go.reu.gon.jol.la.pi.ja
치즈떡볶이　　　起士辣炒年糕
chi.jeu.do*k.bo.gi
김치볶음밥　　　泡菜炒飯
gim.chi.bo.geum.bap
콜라　　　　　　可樂
kol.la

例句

여기 라면은 공짜네요 .
yo*.gi/ra.myo*.neun/gong.jja.ne.yo
這裡的泡麵是免費的。

**이 집은 사람들이 줄을 서는 인기 있는 맛집이
다 .**
i/ji.beun/sa.ram.deu.ri/ju.reul/sso*.neun/in.gi/
in.neun/mat.jji.bi.da
這家店是很多人會排隊來吃的店。

推薦美食店
음식점 추천

明倫谷豬肉套餐
명륜골 돼지불백
地址：首爾市鍾路區明倫洞3街82-3
주소 : 서울시 종로구 명륜동3가 82-3

菜名

돼지불백　　豬肉白飯套餐
dwe*.ji.bul.be*k
버섯치즈불백　蘑菇起士白飯套餐
bo*.so*t.chi.jeu.bul.be*k
카레불백　　咖哩白飯套餐
ka.re.bul.be*k
고추장불백　辣椒醬白飯套餐
go.chu.jang.bul.be*k

例句

반찬이 맛있네요 .
ban.cha.ni/ma.sin.ne.yo
小菜很好吃呢！

점심 시간에 오시면 음료수는 무료로 제공됩
니다 .
jo*m.sim/si.ga.ne/o.si.myo*n/eum.nyo.su.neun/
mu.ryo.ro/je.gong.dwem.ni.da
午飯時間來的話，飲料是免費提供的。

推薦美食店
음식점 추천

The 飯
더밥
地址：首爾市鐘路區明倫4街117
주소 : 서울시 종로구 명륜4가 117

菜名

순두부정식　　　嫩豆腐湯定食
sun.du.bu.jo*ng.sik
된장정식　　　　大醬定食
dwen.jang.jo*ng.sik
버섯뚝불정식　　石鍋蘑菇牛肉定食
bo*.so*t.duk.bul.jo*ng.sik
명품콩비지정식　上等豆渣定食
myo*ng.pum.kong.bi.ji.jo*ng.sik

例句

갈비찜정식은 순한 맛으로 주세요 .
gal.bi.jjim.jo*ng.si.geun/sun.han/ma.seu.ro/ju.se.yo
請給我原味的燉排骨定食。

녹두전도 일인분 주세요 .
nok.du.jo*n.do/i.rin.bun/ju.se.yo
也給我一份綠豆煎餅。

推薦美食店
음식점 추천

蕎麥香 那間店
메밀향 그집
地址：首爾市鐘路區明倫4街72-3
주소 : 서울시 종로구 명륜4가 72-3

菜名

매콤 닭볶음탕　辣味雞湯
me*.kom/dak.bo.geum.tang
메밀전　　　　蕎麥煎餅
me.mil.jo*n
주먹밥　　　　飯糰
ju.mo*k.bap
메밀만두　　　蕎麥餃子
me.mil.man.du

例句

카레 닭볶음탕 중짜로 하나 주세요.
ka.re/dak.bo.geum.tang/jung.jja.ro/ha.na/ju.se.yo
請給我一份中份的咖哩雞湯。

우리 감자전도 먹어볼까요 ?
u.ri/gam.ja.jo*n.do/mo*.go*.bol.ga.yo
我們也吃看看馬鈴薯煎餅好嗎？

Unit 5 新村商圈
신촌 상권

交通：地鐵2號線240新村站
교통 : 지하철 2호선 240 신촌역

重點單字

연세대학교	延世大學
yo*n.se.de*.hak.gyo	
이화여자대학교	梨花女子大學
i.hwa.yo*.ja.de*.hak.gyo	
대형마트	大型超市
de*.hyo*ng.ma.teu	
노래방	KTV
no.re*.bang	
PC 방	網咖
PC.bang	
불고기집	烤肉店
bul.go.gi.jip	
닭갈비	辣炒雞排
dak.gal.bi	

推薦美食店
음식점 추천

春川家辣炒雞排
춘천집닭갈비
地址：首爾市西大門區滄川洞 57-8
주소 : 서울시 서대문구 창천동 57-8

菜名

뼈 없는 닭갈비　無骨辣炒雞排
byo*/o*m.neun/dak.gal.bi
매운 닭갈비　辣味辣炒雞排
me*.un/dak.gal.bi
낙지 닭갈비　　章魚辣炒雞排
nak.jji/dak.gal.bi
낙지두루치기　章魚辣炒肉片
nak.jji.du.ru.chi.gi

例句

무절임 더 주시겠어요 ?
mu.jo*.rim/do*/ju.si.ge.sso*.yo
可以再給我一些醃白蘿蔔嗎？

우리 소주 한 병 시킵시다 .
u.ri/so.ju/han/byo*ng/si.kip.ssi.da
我們點一瓶燒酒吧。

推薦美食店
음식점 추천

八色五花肉
팔색삼겹살
地址：首爾市麻浦區老姑山洞107-111, B1F
주소 : 서울시 마포구 노고산동 107-111, B1F

菜名

인삼 삼겹살　人參五花肉
in.sam/sam.gyo*p.ssal
와인 삼겹살　紅酒五花肉
wa.in/sam.gyo*p.ssal
솔잎 삼겹살　松葉五花肉
sol.lip/sam.gyo*p.ssal
허브 삼겹살　香草五花肉
ho*.beu/sam.gyo*p.ssal

例句

된장 삼겹살 이인분이랑 고추장 삼겹살 일인분으로 주세요 .
dwen.jang/sam.gyo*p.ssal/i.in.bu.ni.rang/go.chu.jang/sam.gyo*p.ssal/i.rin.bu.neu.ro/ju.se.yo
請給我兩人份的大醬五花肉和一份辣椒醬五花肉。

여기 와이파이 되나요 ?
yo*.gi/wa.i.pa.i/dwe.na.yo
這裡有 Wi-Fi 可以用嗎？

推薦美食店
음식점 추천

吃過了嗎？村雞
무봤나 . 촌닭
地址：首爾市西大門區滄川洞 45-1
주소 : 서울시 서대문구 창천동45－1

菜名

숯불 고추장 바베큐　炭火辣椒 BBQ 村雞
sut.bul/go.chu.jang/ba.be.kyu
순살 고추장 바베큐　無骨辣椒 BBQ 村雞
sun.sal/go.chu.jang/ba.be.kyu
순살파닭　　　　　　無骨蔥辣雞
sun.sal.pa.dak
치즈 새우 촌닭　　　起士蝦村雞
chi.jeu/se*.u/chon.dak

例句

맛있는데 너무 매워요 .
ma.sin.neun.de/no*.mu/me*.wo.yo
很好吃，但是太辣了。

저기요 , 여기 쭈꾸미 하나 추가요 .
jo*.gi.yo//yo*.gi/jju.gu.mi/ha.na/chu.ga.yo
服務生，這裡要加點辣炒小章魚一份。

推薦美食店
음식점 추천

兄弟烤肉
형제갈비
地址：首爾市西大門區滄川洞31-26
주소 : 서울시 서대문구 창천동 31-26

菜名

한우 생갈비　韓牛生排骨
ha.nu/se*ng.gal.bi
한우 양념갈비　韓牛調味排骨
ha.nu/yang.nyo*m.gal.bi
한우 불고기　韓牛韓式烤肉
ha.nu/bul.go.gi
갈비탕　　　　排骨湯
gal.bi.tang

例句

상추무침 더 주세요 .
sang.chu.mu.chim/do*/ju.se.yo
請再給我一些涼拌生菜。

고기를 먹은 후 냉면을 먹어요 .
go.gi.reul/mo*.geun/hu/ne*ng.myo*.neul/mo*.
go*.yo
肉吃完之後，吃冷麵吧。

推薦美食店
음식점 추천

站著吃烤肉店
서서 먹는 갈비집
地址：首爾市麻浦區老姑山洞 109-69
주소 : 서울시 마포구 노고산동 109-69

菜名

소갈비　牛排骨
so.gal.bi
양념장　調味醬油
yang.nyo*m.jang
풋고추　青辣椒
put.go.chu
마늘　大蒜
ma.neul

例句

소갈비 두 대로 주세요 .
so.gal.bi/du/de*.ro/ju.se.yo
請給我兩條牛排骨。

고기 좀 잘라 주세요 .
go.gi/jom/jal.la/ju.se.yo
請幫我剪成肉塊。

Unit 6 街頭小吃
길거리 음식

> 韓國著名的路邊小吃有떡볶이（辣炒年糕）、
> 김밥（紫菜飯捲）、계란빵（雞蛋糕）、
> 오뎅（魚漿黑輪）、호떡（黑糖餅）、
> 순대볶음（炒血腸）等。
> 吃小吃的同時，別忘了多學幾句韓語會話喔！

例句

계란빵은 따뜻하게 드시면 더욱 맛있어요.
gye.ran.bang.eun/da.deu.ta.ge/deu.si.myo*n/
do*.uk/ma.si.sso*.yo
雞蛋糕熱熱的吃更好吃。

번데기는 단백질이 풍부해요.
bo*n.de.gi.neun/dan.be*k.jji.ri/pung.bu.he*.yo
蠶蛹的蛋白質很豐富。

소세지 꼬치 하나 주세요.
so.se.ji/go.chi/ha.na/ju.se.yo
請給我一支香腸串。

튀김 세 개는 천원입니다.
twi.gim/se/ge*.neun/cho*.nwo.nim.ni.da
炸物三個一千韓圜。

辣炒年糕

떡볶이
do*k.bo.gi　辣炒年糕
例句：
이 집 떡볶이가 맛있어요.
i/jip/do*k.bo.gi.ga/ma.si.sso*.yo
這家的辣炒年糕很好吃。

雞蛋糕

계란빵
gye.ran.bang　雞蛋糕
例句：
계란빵 한 개에 얼마예요?
gye.ran.bang/han/ge*.e/o*l.ma.ye.yo
雞蛋糕一個多少錢？

紫菜飯捲

김밥
gim.bap　紫菜飯捲
例句：
김밥 한 줄 주세요.
gim.bap/han/jul/ju.se.yo
請給我一條紫菜飯捲。

魚漿黑輪

오뎅
o.deng　魚漿黑輪
例句：
퇴근 후 포장마차에서 오뎅을 먹었어요.
twe.geun/hu/po.jang.ma.cha.e.so*/
o.deng.eul/mo*.go*.sso*.yo
下班後在路邊攤吃了魚漿黑輪。

黑糖餡餅

호떡
ho.do*k 黑糖餡餅
例句：
저는 구운 호떡을 제일 좋아해요.
jo*.neun/gu.un/ho.do*.geul/jje.il/jo.a.he*.yo
我最喜歡烤的黑糖餡餅。

血腸

순대
sun.de* 血腸
例句：
순대도 일인분에 삼천원입니다.
sun.de*.do/i.rin.bu.ne/sam.cho*.nwo.nim.ni.da
血腸也是一人份三千韓圜。

蠶蛹

번데기
bo*n.de.gi 蠶蛹
例句：
번데기 못 드시는 분 계신가요?
bo*n.de.gi/mot/deu.si.neun/bun/gye.sin.ga.yo
有人不敢吃蠶蛹嗎？

薯條熱狗

감자핫도그
gam.ja.hat.do.geu 薯條熱狗
例句：
여기 감자핫도그를 들고 다니는
사람이 많아요.
yo*.gi/gam.ja.hat.do.geu.reul/
deul.go/da.ni.neun/sa.ra.mi/ma.na.yo
這裡拿著薯條熱狗邊吃邊走的人很多。

焦糖餅

뽑기
bop.gi **焦糖餅**
例句：
우리 딸이 뽑기가 너무 좋아요.
u.ri/da.ri/bop.gi.ga/no*.mu/jo.a.yo
我女兒很喜歡吃焦糖餅。

魚漿條

핫바
hat.ba **魚漿條**
例句：
이 근처에 핫바를 파는 곳이 많아요.
i/geun.cho*.e/hat.ba.reul/pa.neun/
go.si/ma.na.yo
這附近有很多賣魚漿條的地方。

鯛魚燒

붕어빵
bung.o*.bang **鯛魚燒**
例句：
한 봉지에 일곱 개의 붕어빵이 들어있네요.
han/bong.ji.e/il.gop/ge*.ui/bung.o*.bang.i/
deu.ro*.in.ne.yo
一包裡面裝有七個鯛魚燒呢！

菊花紅豆燒

국화빵
gu.kwa.bang **菊花紅豆燒**
例句：
국화빵 네 개에 천원이에요.
gu.kwa.bang/ne/ge*.e/cho*.nwo.ni.e.yo
菊花燒四個一千韓圜。

炒豬腸

곱창볶음
gop.chang.bo.geum **炒豬腸**
例句：
포장마차에 가서 곱창볶음 일인분을 시켰어요.
po.jang.ma.cha.e/ga.so*/gop.chang.bo.geum/
i.rin.bu.neul/ssi.kyo*.sso*.yo
去路邊攤點了一份炒豬腸。

炸物

튀김
twi.gim **炸物**
例句：
오늘 감자튀김이랑 새우튀김을 먹었어요.
o.neul/gam.ja.twi.gi.mi.rang/se*.u.twi.gi.
meul/mo*.go*.sso*.yo
今天我吃了炸薯條和炸蝦。

烤雞肉串

닭꼬치
dak.go.chi **烤雞肉串**
例句：
닭꼬치 매운 맛으로 주세요.
dak.go.chi/me*.un/ma.seu.ro/ju.se.yo
烤雞肉串請給我辣味的。

烤奶油魷魚

오징어버터구이
o.jing.o*.bo*.to*.gu.i **烤奶油魷魚**
例句：
오징어버터구이 양은 많네요.
o.jing.o*.bo*.to*.gu.i/yang.eun/man.ne.yo
烤奶油魷魚的量蠻多的耶！

魚乾

쥐포
jwi.po **魚乾**
例句:
쥐포를 하루만에 두 봉지 다 먹어버렸어요.
jwi.po.reul/ha.ru.ma.ne/du/bong.ji/da/mo*.
go*.bo*.ryo*.sso*.yo
我一天吃掉了兩包魚乾。

香腸

소세지
so.se.ji **香腸**
例句:
소세지에 머스타드와 케찹을 뿌리면 더
맛있어요.
so.se.ji.e/mo*.seu.ta.deu.wa/ke.cha.
beul/bu.ri.myo*n/do*/ma.si.sso*.yo
在香腸上淋上芥末醬和番茄醬會更好吃。

年糕排骨

떡갈비
do*k.gal.bi **年糕排骨**
例句:
떡갈비는 길거리에서 흔히 볼 수 있는
음식입니다.
do*k.gal.bi.neun/gil.go*.ri.e.so*/heun.
hi/bol/su.in.neun/eum.si.gim.ni.da
年糕排骨是在路邊經常可以看得到的食物。

鬆餅

와플
wa.peul **鬆餅**
例句：
초코크림 와플 하나 주세요.
cho.ko.keu.rim/wa.peul/ha.na/ju.se.yo
請給我一個巧克力奶油鬆餅。

炒栗子

군밤
gun.bam **炒栗子**
例句：
날씨 너무 추워서 군밤 한 봉지 먹고 싶어요.
nal.ssi/no*.mu/chu.wo.so*/gun.bam/han/
bong.ji/mo*k.go/si.po*.yo
天氣太冷了，想吃一包炒栗子。

魚板

어묵
o*.muk **魚板**
例句：
한국에서 어묵을 먹으면 국물은 공짜입니다.
han.gu.ge.so*/o*.mu.geul/mo*.geu.myo*n/
gung.mu.reun/gong.jja.im.ni.da
在韓國吃魚板串，湯是免費的。

龍鬚糖

꿀타래
gul.ta.re* **龍鬚糖**
例句：
꿀타래 한 박스에 오천원입니다.
gul.ta.re*/han/bak.sseu.e/o.cho*.nwo.nim.ni.da
龍鬚糖一盒五千韓圜。

泡芙

슈크림빵
syu.keu.rim.bang 泡芙
例句：
슈크림빵의 칼로리는 얼마예요?
syu.keu.rim.bang.ui/kal.lo.ri.neun/o*l.ma.ye.yo
泡芙的熱量是多少呢？

拔絲地瓜

고구마맛탕
go.gu.ma.mat.tang 拔絲地瓜
例句：
고구마맛탕을 먹고 싶어요.
go.gu.ma.mat.tang.eul/mo*k.go/si.po*.yo
我想吃拔絲地瓜。

旅行韓語
好用句

여행 한국어 한 마디

日常招呼語

안녕하세요.
an.nyo*ng.ha.se.yo
你好。

안녕하십니까?
an.nyo*ng.ha.sim.ni.ga
您好嗎?

안녕히 가세요.
an.nyo*ng.hi/ga.se.yo
再見。(向離開要走的人)

안녕히 계세요.
an.nyo*ng.hi/gye.se.yo
再見。(向留在原地的人)

交朋友

처음 뵙겠습니다.
cho*.eum/bwep.get.sseum.ni.da
初次見面。

실례지만, 성함이 어떻게 되십니까?
sil.lye.ji.man//so*ng.ha.mi/o*.do*.ke/dwe.sim.ni.ga
請問您貴姓大名?

저는 김희선이라고 합니다.
jo*.neun/gim.hi.so*.ni.ra.go/ham.ni.da
我名叫金喜善。

만나게 되어 반갑습니다 .
man.na.ge/dwe.o*/ban.gap.sseum.ni.da
很高興見到您。

저는 대만 사람입니다 .
jo*.neun/de*.man/sa.ra.mim.ni.da
我是台灣人。

저는 한국 사람이 아닙니다 .
jo*.neun/han.guk/sa.ra.mi/a.nim.ni.da
我不是韓國人。

用餐禮儀

잘 먹겠습니다 .
jal/mo*k.get.sseum.ni.da
我要開動了。

많이 드십시오 .
ma.ni/deu.sip.ssi.o
請多吃一點。

많이 먹었습니다 .
ma.ni/mo*.go*t.sseum.ni.da
我吃飽了。

배가 불러요 .
be*.ga/bul.lo*.yo
我吃飽了。

식기 전에 얼른 드세요 .
sik.gi/jo*.ne/o*l.leun/deu.se.yo
趁熱快吃。

道謝

고맙습니다 .
go.map.sseum.ni.da
謝謝。

감사합니다 .
gam.sa.ham.ni.da
謝謝。

정말 고마워요 .
jo*ng.mal/go.ma.wo.yo
真的謝謝你。

대단히 감사합니다 .
de*.dan.hi/gam.sa.ham.ni.da
非常謝謝你。

천만에요 .
cho*n.ma.ne.yo
不客氣。

道歉

죄송합니다 .
jwe.song.ham.ni.da
對不起。

미안합니다 .
mi.an.ham.ni.da
對不起。

실례합니다 .
sil.lye.ham.ni.da
失禮了。

용서해 주세요 .
yong.so*.he*/ju.se.yo
原諒我吧。

괜찮아요 .
gwe*n.cha.na.yo
沒關係。

詢問天氣

내일 날씨가 어떨까요 ?
ne*/il/nal/ssi/ga/o*/do*l/ga/yo
明天天氣怎麼樣？

날씨가 건조해요 .
nal.ssi.ga/go*n.jo.he*.yo
天氣很乾燥。

지금은 비가 오고 있어요 .
ji.geu.meun/bi.ga/o.go/i.sso*.yo
現在在下雨。

詢問時間、日期

지금 몇 시입니까 ?
ji/geum/myo*t/si/im/ni/ga
現在幾點？

오늘은 몇 월 며칠입니까 ?
o/neu/reun/myo*t/wol/myo*/chi/rim/ni/ga
今天幾月幾號？

오늘 무슨 요일입니까 ?
o/neul/mu/seun/yo/i/rim/ni/ga
今天星期幾？

오늘은 토요일입니다 .
o.neu.reun/to.yo.i.rim.ni.da
今天是星期六。

한국은 지금 몇 시인가요 ?
han.gu.geun/ji.geum/myo*t/si.in.ga.yo
韓國現在幾點？

시간이 얼마나 걸려요 ?
si.ga.ni/o*l.ma.na/go*l.lyo*.yo
要花多少時間？

몇 시에 저녁을 먹습니까 ?
myo*t/si.e/jo*.nyo*.geul/mo*k.sseum.ni.ga
幾點吃晚餐？

지금 빈 자리가 있나요 ?
ji.geum/bin/ja.ri.ga/in.na.yo
現在還有空位嗎？

예약은 하지 않았습니다 . 빈 자리가 있습니까 ?
ye.ya.geun/ha.ji/a.nat.sseum.ni.da/bin/ja.ri.ga/it.sseum.ni.ga
我沒有預約，有空位嗎？

어느 정도 기다려야 합니까 ?
o*.neu/jo*ng.do/gi.da.ryo*.ya/ham.ni.ga
要等多久？

우리 모두 네 명이에요 .
u.ri/mo.du/ne/myo*ng.i.e.yo
我們共四位。

다른 자리로 바꿀 수 있습니까 ?
da.reun/ja.ri.ro/ba.gul/su/it.sseum.ni.ga
我們可不可以換到其他的座位？

메뉴판 좀 주시겠어요 ?
me.nyu.pan/jom/ju.si.ge.sso*.yo
可以給我菜單嗎？

이 요리는 매운가요 ?
i/yo.ri.neun/me*.un.ga.yo
這道菜會辣嗎？

이것은 무슨 요리입니까 ?
i.go*.seun/mu.seun/yo.ri.im.ni.ga
這是什麼菜？

무엇을 추천해 주시겠어요 ?
mu.o*.seul/chu.cho*n.he*/ju.si.ge.sso*.yo
您可以為我推薦一下嗎？

채식 있습니까 ?
che*.sik/it.sseum.ni.ga
有素食嗎？

메뉴판을 다시 갖다 주시겠어요 ?
me.nyu.pa.neul/da.si/gat.da/ju.si.ge.sso*.yo
菜單可以再給我看一下嗎？

저기요 , 여기 주문 받으세요 .
jo*.gi.yo/yo*.gi/ju.mun/ba.deu.se.yo
服務員，這裡要點餐。

이건 양이 많나요 ?
i.go*n/yang.i/man.na.yo
這個量很多嗎？

잠시 후에 주문할게요 .
jam.si/hu.e/ju.mun.hal.ge.yo
我待會再點。

어느 음식이 안 맵습니까 ?
o*.neu/eum.si.gi/an/me*p.sseum.ni.ga
哪一道菜不辣？

고추를 넣지 말고 요리해 주세요 .
go.chu.reul/no*.chi/mal.go/yo.ri.he*/ju.se.yo
料理時請不要放辣椒。

마늘을 넣지 마세요 .
ma.neu.reul/no*.chi/ma.se.yo
請不要放蒜。

된장찌개 하나 추가합니다 .
dwen.jang.jji.ge*/ha.na/chu.ga.ham.ni.da
我加追加一個大醬湯。

삼겹살 이인분 주십시오 .
sam.gyo*p.ssal/i.in.bun/ju.sip.ssi.o
請給我兩人份的五花肉。

제 스테이크는 반 익혀 주십시오 .
je/seu.te.i.keu.neun/ban/i.kyo*/ju.sip.ssi.o
我的牛排要五分熟。

반찬 좀 더 주세요 .
ban.chan/jom/do*/ju.se.yo
請再給我一點小菜。

이 근처에 유명한 한국 음식점이 있습니까 ?
i/geun.cho*.e/yu.myo*ng.han/han.guk/eum.sik.
jjo*.mi/it.sseum.ni.ga
這附近有知名的韓國料理店嗎？

저는 김치찌개를 먹고 싶습니다 .
jo*.neun/gim.chi.jji.ge*.reul/mo*k.go/sip.sseum.
ni.da
我想吃泡菜鍋。

이것은 제가 주문한 것이 아닌데요 .
i.go*.seun/je.ga/ju.mun.han/go*.si/a.nin.de.yo
這個不是我點的。

계산서 부탁합니다 .
gye.san.so*/bu.ta.kam.ni.da
請給我帳單。

이건 무슨 요금이에요 ?
i.go*n/mu.seun/yo.geu.mi.e.yo
這是什麼費用？

카드로 지불할게요 .
ka.deu.ro/ji.bul.hal.ge.yo
我要用信用卡付款。

신용카드 받습니까 ?
si.nyong.ka.deu/bat.sseum.ni.ga
可以刷信用卡嗎？

잘 먹었습니다 . 얼마예요 ?
jal/mo*.go*t.sseum.ni.da//o*l.ma.ye.yo
我吃飽了，多少？

다 못 먹었으니까 포장해 주세요 .
da/mot/mo*.go*t.sseu.ni.ga/po.jang.he*/ju.se.yo
我吃不完，請幫我包起來。

불고기 비빔밥으로 주세요 .
bul.go.gi/bi.bim.ba.beu.ro/ju.se.yo
請給我烤肉拌飯。

삼계탕을 먹겠습니다 .
sam.gye.tang.eul/mo*k.get.sseum.ni.da
我要吃參雞湯。

감자탕을 먹고 싶어요 .
gam.ja.tang.eul/mo*k.go/si.po*.yo
我想吃排骨馬鈴薯湯。

주문하고 싶은데요 .
ju.mun.ha.go si.peun.de.yo
我想點餐。

홍차로 주세요 .
hong.cha.ro/ju.se.yo
請給我紅茶。

오렌지 주스 주세요 .
o.ren.ji/ju.seu/ju.se.yo
請給我柳橙汁。

얼음 빼고 주세요 .
o*.reum/be*.go/ju.se.yo
請不要加冰塊。

찬물 한 잔 주세요 .
chan.mul/han/jan/ju.se.yo
請給我一杯冰水。

제가 내겠습니다 .
je.ga/ne*.get.sseum.ni.da
這餐我請客。

각자 냅시다 .
gak.jja/ne*p.ssi.da
我們各付各的。

휴지를 좀 가져다 주세요 .
hyu.ji.reul/jjom/ga.jo*.da/ju.se.yo
請拿衛生紙給我。

味道

맛이 어떻습니까 ?
ma.si/o*.do*.sseum.ni.ga
味道怎麼樣？

매워요 .
me*.wo.yo
很辣。

짜요 .
jja.yo
很鹹。

정말 맛있네요 .
jo*ng.mal/ma.sin.ne.yo.
真的很好吃耶！

이것은 맛이 이상해요 .
i.go*.seun/ma.si/i.sang.he*.yo
這個味道很奇怪！

저는 생선을 못 먹습니다 .
jo*.neun/se*ng.so*.neul/mot/mo*k.sseum.ni.da
我不能吃魚。

저는 매운 음식을 못 먹습니다 .
jo*.neun/me*.un/eum.si.geul/mot/mo*k.sseum.
ni.da
我不能吃辣的食物。

在郵局

우체국을 찾고 있어요 .
u.che.gu.geul/chat.go/i.sso*.yo
我在找郵局。

270 원짜리 우표 두 장 주세요 .
i.be*k.chil.si.bwon.jja.ri/u.pyo/du/jang/ju.se.yo
請給我 270 韓元的郵票兩張。

이 엽서에 얼마짜리 우표를 붙여야 하나요 ?
i/yo*p.sso*.e/o*l.ma.jja.ri/u.pyo.reul/bu.tyo*.ya/
ha.na.yo
這張明信片要貼多少錢的郵票？

이 편지를 대만으로 보내는 데 얼마 듭니까 ?
i/pyo*n.ji.reul/de*.ma.neu.ro/bo.ne*.neun/de/o*l.
ma/deum.ni.ga
寄這封信到台灣要多少錢？

이 소포를 대만으로 부치는 데 얼마예요 ?
i/so.po.reul/de*.ma.neu.ro/bu.chi.neun/de/o*l.
ma.ye.yo
寄這包裹到台灣要多少錢？

대만까지 며칠이면 도착합니까 ?
de*.man.ga.ji/myo*.chi.ri.myo*n/do.cha.kam.
ni.ga
送達台灣需要幾天時間？

地點、位置

화장실은 어디에 있습니까 ?
hwa/jang/si/reun/o*/di/e/it/sseum/ni/ga
廁所在哪裡？

병원이 어디에 있습니까 ?
byo*ng.wo.ni/o*.di.e/it.sseum.ni.ga
醫院在哪裡？

어디서 공항버스를 타나요 ?
o*.di.so*/gong.hang.bo*.seu.reul/ta.na.yo
請問在哪裡坐機場巴士？

어디서 택시를 기다립니까 ?
o*.di.so*/te*k.ssi.reul/gi.da.rim.ni.ga
我要在哪裡等計乘車？

이 식당은 어디에 있습니까 ?
i/sik.dang.eun/o*.di.e/it.sseum.ni.ga
這家餐館在哪裡？

이 주변에 주유소는 있습니까 ?
i/ju.byo*.ne/ju.yu.so.neun/it.sseum.ni.ga
這附近有加油站嗎？

여기서 얼마나 먼가요 ?
yo*.gi.so*/o*l.ma.na/mo*n.ga.yo
離這裡多遠啊？

멀지 않아요 . 아주 가까워요 .
mo*l.ji/a.na.yo//a.ju/ga.ga.wo.yo
不遠，很近。

입구는 어디입니까 ?
ip.gu.neun/o*.di.im.ni.ga
入口在哪裡？

종로로 가는 길을 가르쳐 주시겠습니까 ?
jong.no.ro/ga.neun/gi.reul/ga.reu.cho*/ju.si.get.
sseum.ni.ga
可以告訴我去鐘路的路嗎？

어떻게 가야 됩니까 ?
o*.do*.ke/ga.ya/dwem.ni.ga
該怎麼去呢？

旅遊

한국 어디가 재미있어요 ?
han.guk/o*.di.ga/je*.mi.i.sso*.yo
韓國哪裡好玩呢？

저는 관광객입니다.
jo*.neun/gwan.gwang.ge*.gim.ni.da
我是觀光客。

저는 한국민속촌에 가고 싶습니다.
jo*.neun/han.gung.min.sok.cho.ne/ga.go/sip.
sseum.ni.da
我想去韓國民俗村。

한국의 유명한 고적이 무엇입니까?
han.gu.gui/yu.myo*ng.han/go.jo*.gi/mu.o*.sim.
ni.ga
韓國有名的古蹟是什麼？

거기에 유명한 명승고적이 있나요?
go*.gi.e/yu.myo*ng.han/myo*ng.seung.go.jo*.
gi.in.na.yo
那裡有知名的名勝古蹟嗎？

거기에 특산품은 무엇입니까?
go*.gi.e/teuk.ssan.pu.meun/mu.o*.sim.ni.ga
那裡有什麼特產？

어디에 가면 무료로 한복을 입을 수 있습니까?
o*.di.e/ga.myo*n/mu.ryo.ro/han.bo.geul/i.beul/
ssu/it.sseum.ni.ga
哪裡可以免費試穿韓服呢？

저는 시내 관광을 하겠습니다.
jo*.neun/si.ne*/gwan.gwang.eul/ha.get.sseum.
ni.da
我要去市區觀光。

이 활동은 관광객 참가가 가능합니까 ?
i/hwal.dong.eun/gwan.gwang.ge*k/cham.ga.ga/
ga.neung.ham.ni.ga
這個活動觀光客可以參加嗎？

저는 축제에 참가하고 싶습니다 .
jo*.neun/chuk.jje.e/cham.ga.ha.go/sip.sseum.
ni.da
我想參加慶典。

저는 스키를 배우고 싶어요 .
jo*.neun/seu.ki.reul/be*.u.go/si.po*.yo
我想學滑雪。

서울 근처에 스키장이 있습니까 ?
so*.ul/geun.cho*.e/seu.ki.jang.i.it.sseum.ni.ga
首爾附近有滑雪場嗎？

스키 장비는 어디서 빌릴 수 있습니까 ?
seu.ki/jang.bi.neun/o*.di.so*/bil.lil/su/it.sseum.ni.ga
滑雪裝備哪裡可以借得到？

얼마동안 빌릴 수 있습니까 ?
o*l.ma.dong.an/bil.lil/su/it.sseum.ni.ga
可以借多久？

여기서 사진 찍는 것이 허락됩니까 ?
yo*.gi.so*/sa.jin/jjing.neun/go*.si/ho*.rak.dwem.
ni.ga
這裡可以拍照嗎？

제주도는 어떻게 가요 ?
je.ju.do.neun/o*.do*.ke/ga.yo
怎麼去濟州島呢？

언제쯤 서울에 도착할까요 ?
o*n.je.jjeum/so*.u.re/do.cha.kal.ga.yo
何時會到達首爾呢？

몇 시에 도착합니까 ?
myo*t/si.e/do.cha.kam.ni.ga
幾點抵達呢？

몇 시에 출발합니까 ?
myo*t/si.e/chul.bal.ham.ni.ga
幾點出發呢？

걸어서 갈 수 있습니까 ?
go*.ro*.so*/gal/ssu/it.sseum.ni.ga
用走得可以到嗎？

參觀

저에게 설명을 해 주시겠습니까 ?
jo*.e.ge/so*l.myo*ng.eul/he*/ju.si.get.sseum.
ni.ga
可不可以幫我解說一下？

전시회는 몇 시에 엽니까 ?
jo*n.si.hwe.neun/myo*t/si.e/yo*m.ni.ga
展示會幾點開放？

전람관은 어디 있습니까 ?
jo*l.lam.gwa.neun/o*.di/it.sseum.ni.ga
展覽館在哪裡？

가장 싼 좌석은 얼마입니까 ?
ga.jang/ssan/jwa.so*.geun/o*l.ma.im.ni.ga
最便宜的位子是多少錢？

여기서 줄을 서서 입장합니까 ?
yo*.gi.so*/ju.reul/sso*.so*/ip.jjang.ham.ni.ga
請問是從這裡排隊進場嗎？

여기서 줄을 섭니까 ?
yo*.gi.so*/ju.reul/sso*m.ni.ga
在這裡排隊嗎？

購物

가격이 얼마죠 ?
ga.gyo*.gi/o*l.ma.jyo
價格多少？

창가에 있는 저 치마는 얼마입니까 ?
chang.ga.e/in.neun/jo*/chi.ma.neun/o*l.ma.im.ni.ga
靠窗的那件裙子多少錢？

좀더 싼 것이 있습니까 ?
jom.do*/ssan/go*.si/it.sseum.ni.ga
有更便宜一點的嗎？

이건 어디서 살 수 있습니까 ?
i.go*n/o*.di.so*/sal/ssu/it.sseum.ni.ga
這個哪裡可以買得到？

어디서 찾을 수 있습니까 ?
o*.di.so*/cha.jeul/ssu/it.sseum.ni.ga
哪裡可以找得到？

다른 색깔을 보여 주시겠어요 ?
da.reun/se*k.ga.reul/bo.yo*/ju.si.ge.sso*.yo
可以給我看別的顏色嗎？

그건 수입품입니까 ?
geu.go*n/su.ip.pu.mim.ni.ga
那是進口貨嗎？

이것으로 검은색이 있습니까 ?
i.go*.seu.ro/go*.meun.se*.gi/it.sseum.ni.ga
這個有黑色嗎？

질이 더 좋은 게 있어요 ?
ji.ri/do*/jo.eun/ge/i.sso*.yo
有品質更好的嗎？

이렇게 많이 사는데 조금 싸게 해 주세요 .
i.ro*.ke/ma.ni/sa.neun/de/jo.geum/ssa.ge/he*/ju.se.yo
我買這麼多，算便宜一點吧。

돈이 부족합니다 . 신용카드 받습니까 ?
do.ni/bu.jo.kam.ni.da//si.nyong.ka.deu/bat.sseum.
ni.ga
我錢不夠，可以刷卡嗎？

조금 있다 와서 사겠습니다 .
jo.geum/it.da//wa.so*/sa.get.sseum.ni.da
我待會再過來買。

포장해 주시겠어요 ?
po.jang.he*/ju.si.ge.sso*.yo
可以幫我包裝嗎？

다른 것으로 바꿔 주시겠어요 ?
da.reun/go*.seu.ro/ba.gwo/ju.si.ge.sso*.yo
可以換別的給我嗎？

결함이 있는 제품인 것 같아요 .
gyo*l.ha.mi/in.neun/je.pu.min/go*t/ga.ta.yo
好像是有瑕疵的製品。

그걸 보고 싶어요 .
geu.go*l/bo.go/si.po*.yo
我想看那個。

請求幫助

어느 분이 절 도와 주시겠어요 ?
o*.neu/bu.ni/jo*l/do.wa/ju.si.ge.sso*.yo
誰能幫我的忙？

좀 도와 주시겠습니까 ?
jom/do.wa/ju.si.get.sseum.ni.ga
可以幫忙嗎？

도와 주셔서 감사합니다 .
do.wa/ju.syo*.so*/gam.sa.ham.ni.da
謝謝你的幫助。

실례지만 길 좀 물어도 될까요 ?
sil.lye.ji.man/gil/jom/mu.ro*.do/dwel.ga.yo
不好意思，可以問路嗎？

길을 가르쳐 주셔서 감사합니다 .
gi.reul/ga.reu.cho*/ju.syo*.so*/gam.sa.ham.ni.da
謝謝你為我指路。

경찰 아저씨 , 도와 주세요 .
gyo*ng.cha.ra.jo*.ssi/do.wa/ju.se.yo
警察先生，請幫幫我。

저기 , 실례합니다만…
jo*.gi//sil.lye.ham.ni.da.man
不好意思，請問…。

전 방향을 잃었어요 .
jo*n/bang.hyang.eul/i.ro*.sso*.yo
我失去方向了。

길을 잃었어요 . 여기가 어디죠 ?
gi.reul/i.ro*.sso*.yo//yo*.gi.ga/o*.di.jyo
我迷路了，這裡是哪裡呢？

困難、緊急情況

경찰에 신고해 주세요 .
gyo*ng.cha.re/sin.go.he*/ju.se.yo
請幫我報警。

가까운 경찰서가 어디입니까 ?
ga.ga.un/gyo*ng.chal.sso*.ga/o*.di.im.ni.ga
最近的警察局在哪裡呢？

제 여권을 잃어버렸습니다 .
je/yo*.gwo.neul/i.ro*.bo*.ryo*t.sseum.ni.da
我的護照不見了。

제 가방이 보이지 않습니다 . 어떡하죠 ?
je/ga.bang.i/bo.i.ji/an.sseum.ni.da//o*.do*.ka.jyo
我沒看到我的包包，怎麼辦？

도둑이야 !
do.du.gi.ya
有小偷啊！

위험해요 !
wi.ho*m.he*.yo
危險！

구급차를 불러 주세요 .
gu.geup.cha.reul/bul.lo*/ju.se.yo
請幫我叫救護車。

살려주세요 .
sal.lyo*.ju.se.yo
救命！

누군가 제 지갑을 훔쳐 갔습니다 .
nu.gun.ga/je/ji.ga.beul/hum.cho*/gat.sseum.
ni.da
有人把我的錢包偷走了。

전 지금 어떻게 해야 합니까 ?
jo*n/ji.geum/o*.do*.ke/he*.ya/ham.ni.ga
我現在該怎麼辦才好？

제 핸드폰을 버스에 두고 내렸습니다 .
je/he*n.deu.po.neul/bo*.seu.e/du.go/ne*.ryo*t.
sseum.ni.da
我把手機忘在公車上了。

분실물을 수령하려고 합니다 .
bun.sil.mu.reul/ssu.ryo*ng.ha.ryo*.go/ham.ni.da
我要領回我遺失的東西。

請求、徵求許可

펜 하나 빌릴 수 있을까요 ?
pen/ha.na/bil.lil/su/i.sseul.ga.yo
可以借我一隻筆嗎？

한 가지 부탁할 일이 있습니다 .
han/ga.ji/bu.ta.kal/i.ri/it.sseum.ni.da
有件事情，想拜託您。

들어가도 됩니까?
deu.ro*.ga.do/dwem.ni.ga
可以進去嗎?

溝通

영어로 설명해 주시겠어요?
yo*ng.o*.ro/so*l.myo*ng.he*/ju.si.ge.sso*.yo
您可以用英語說明嗎?

죄송해요. 잘 이해를 못하겠어요.
jwe.song.he*.yo/jal.i.he*.reul/mo.ta.ge.sso*.yo
對不起,我不太懂你的意思。

미안하지만 다시 한 번 말씀해 주시겠습니까?
mi.an.ha.ji.man/da.si/han.bo*n/mal.sseum.he*/
ju.si.get.sseum.ni.ga
對不起,請您再講一次。

잘 안 들립니다.
jal/an/deul.lim.ni.da
我聽不清楚。

큰 소리로 얘기해 주세요.
keun/so.ri.ro/ye*.gi.he*/ju.se.yo
請講大聲一點。

말이 너무 빨라서 알아들을 수 없어요.
ma.ri/no*.mu/bal.la.so*/a.ra.deu.reul/ssu/o*p.
sso*.yo
你說的太快了,我聽不懂。

저는 한국 사람이 아닙니다 . 천천히 말씀해 주세요 .
jo*.neun/han.guk/sa.ra.mi/a.nim.ni.da//cho*n.cho*n.hi/mal.sseum.he*/ju.se.yo.

我不是韓國人，請您慢慢說。

醫院

이 근처에 병원이 있어요 ?
i/geun.cho*.e/byo*ng.wo.ni/i.sso*.yo

這附近有醫院嗎？

어디가 아프세요 ?
o*.di.ga/a.peu.se.yo

您哪裡不舒服？

기침하고 열이 있습니다 .
gi.chim.ha.go/yo*.ri/it.sseum.ni.da

咳嗽又發燒。

감기가 걸린 것 같아요 . 머리가 계속 아파요 .
gam.gi.ga/go*l.lin/go*t/ga.ta.yo//mo*.ri.ga/gye.sok/a.pa.yo

我好像感冒了，頭一直很痛。。

목이 아프고 콧물도 나요 .
mo.gi/a.peu.go/kon.mul.do/na.yo

喉嚨很痛，也有流鼻水。

제가 넘어져서 발목이 삐었어요 .
je.ga/no*.mo*.jo*.so*/bal.mo.gi/bi.o*.sso*.yo

我跌倒把腳踝扭傷了。

계속 설사가 나요.
gye.sok/so*l.sa.ga/na.yo
我一直拉肚子。

코가 막힙니다.
ko.ga/ma.kim.ni.da
我有鼻塞。

저는 알레르기 체질입니다.
jo*.neun/al.le.reu.gi/che.ji.rim.ni.da
我是過敏體質。

언제쯤 나을 수 있을까요?
o*n.je.jjeum/na.eul/ssu/i.sseul.ga.yo
什麼時候才會好啊?

현재 복용하고 있는 약은 있습니까?
hyo*n.je*/bo.gyong.ha.go/in.neun/ya.geun/
it.sseum.ni.ga
目前有在服用藥物嗎?

피가 멈추지 않습니다.
pi.ga/mo*m.chu.ji/an.sseum.ni.da
血流不止。

附錄

方向

방향 bang.hyang 方向
근처 geun.cho* 附近
위치 wi.chi 位置
부근 bu.geun 附近
이리 i.ri 這邊
저리 jo*.ri 那邊
여기 yo*.gi 這裡
거기 go*.gi 那裡（近稱）
저기 jo*.gi 那裡（遠稱）
이쪽 i.jjok 這邊
그쪽 geu.jjok 那邊
저쪽 jo*.jjok 那邊
중간 jung.gan 中間
앞 ap 前
뒤 dwi 後
옆 yo*p 旁邊
위 wi 上
아래 a.re* 下
왼쪽 wen.jjok 左
오른쪽 o.reun.jjok 右
안 an 內
밖 bak 外
북 buk 北
남 nam 南
동 dong 東
서 so* 西

건너편 go*n.no*.pyo*n 對面
맞은편 ma.jeun.pyo*n 對面

觀光

시내 si.ne* 市區
교외 gyo.we 郊區
관광지 gwan.gwang.ji 觀光勝地
리조트 ri.jo.teu 度假勝地
명승지 myo*ng.seung.ji 景點
고적 go.jo*k 古蹟
유적 yu.jo*k 遺跡
국립공원 gung.nip.gong.won 國立公園
문화 유산 mun.hwa/yu.san 文化遺產
세계 유산 se.gye/yu.san 世界遺產
풍경 pung.gyo*ng 風景
경치 gyo*ng.chi 景色

韓國地方

서울특별시 so*.ul.teuk.byo*l.si 首爾特別市
강원도 gang.won.do 江原道
경기도 gyo*ng.gi.do 京畿道
강릉 gang.neung 江陵
수원 su.won 水原
원주 won.ju 原州
인천광역시 in.cho*n.gwang.yo*k.ssi 仁川廣域市
충청북도 chung.cho*ng.buk.do 忠清北道
충청남도 chung.cho*ng.nam.do 忠清南道
경상북도 gyo*ng.sang.buk.do 慶尚北道

경상남도　gyo*ng.sang.nam.do　慶尚南道

군산　gun.san　群山

전주　jo*n.ju　全州

진해　jin.he*　鎮海

대전광역시　de*.jo*n.gwang.yo*k.ssi　大田廣域市

대구광역시　de*.gu.gwang.yo*k.ssi　大邱廣域市

전라북도　jo*l.la.buk.do　全羅北道

전라남도　jo*l.la.nam.do　全羅南道

목포　mok.po　木浦

울산광역시　ul.san.gwang.yo*k.ssi　蔚山廣域市

광주광역시　gwang.ju.gwang.yo*k.ssi

光州廣域市

부산광역시　bu.san.gwang.yo*k.ssi　釜山廣域市

제주도　je.ju.do　濟州道

觀光區

설악산　so*.rak.ssan　雪嶽山

판문점　pan.mun.jo*m　板門店

수원화성　su.won.hwa.so*ng　水原華城

해인사　he*.in.sa　海印寺

석굴암　so*k.gu.ram　石窟庵

불국사　bul.guk.ssa　佛國寺

한라산　hal.la.san　漢拏山

금강산　geum.gang.san　金剛山

백두산　be*k.du.san　白頭山

해운대 해수욕장　he*.un.de*/he*.su.yok.jjang

海雲臺海水浴場

용두산공원　yong.du.san.gong.won　龍頭山公園

韓國歷史

역사 yo*k.ssa 歷史
고대 go.de* 古代
근대 geun.de* 近代
문명 mun.myo*ng 文明
고조선 go.jo.so*n 古朝鮮
삼국시대 sam.guk.si.de* 三國時代
고려시대 go.ryo*.si.de* 高麗時代
조선왕조 jo.so*.nwang.jo 朝鮮王朝
고구려 go.gu.ryo* 高句麗
백제 be*k.jje 百濟
신라 sil.la 新羅
발해 bal.he* 渤海
고려 go.ryo* 高麗
조선 jo.so*n 朝鮮
일제시대 il.je.si.de* 日帝時代
양반 yang.ban 貴族
훈민정음 hun.min.jo*ng.eum 訓民正音
세종대왕 se.jong.de*.wang 世宗大王
단군 dan.gun 壇君
주몽 ju.mong 朱蒙
선덕여왕 so*n.do*.gyo*.wang 善德女王
황진이 hwang.ji.ni 黃真伊
이순신 i.sun.sin 李舜臣
허준 ho*.jun 許浚
명성황후 myo*ng.so*ng.hwang.hu 明成皇后
장희빈 jang.hi.bin 張禧嬪
인현왕후 in.hyo*.nwang.hu 仁顯王后

韓國節日

신정 sin.jo*ng 新年（陽曆 1 月 1 日）

설날 so*l.lal 正月初一

대보름 de*.bo.reum 元宵

추석 chu.so*k 中秋節（農曆 8 月 15 日）

단오절 da.no.jo*l 端午節（農曆 5 月 5 日）

개천절 ge*.cho*n.jo*l 開天節（10 月 3 日）

제헌절 je.ho*n.jo*l 制憲節（7 月 17 日）

광복절 gwang.bok.jjo*l 光復節（8 月 15 日）

한글날 han.geul.lal 韓文節（10 月 9 日）

어린이날 o*.ri.ni.nal 兒童節（5 月 5 日）

식목일 sing.mo.gil 植木節（4 月 5 日）

삼일절 sa.mil.jo*l 三一節（3 月 1 日）

어버이날 o*.bo*.i.nal 父母節（5 月 8 日）

스승의 날 seu.seung.ui/nal 教師節（5 月 15 日）

현충일 hyo*n.chung.il 顯忠日（6 月 6 日）

국군의 날 guk.gu.nui/nal 軍人節（10 月 1 日）

문화의 날 mun.hwa.ui/nal 文化節（10 月 20 日）

성탄절 so*ng.tan.jo*l 聖誕節（12 月 25 日）

永續圖書
線上購物網

www.foreverbooks.com.tw

◆ 加入會員即享活動及會員折扣。

◆ 每月均有優惠活動，期期不同。

◆ 新加入會員三天內訂購書籍不限本數金額，

　即贈送精選書籍一本。（依網站標示為主）

專業圖書發行、書局經銷、圖書出版

永續圖書總代理：
五觀藝術出版社、培育文化、棋茵出版社、犬拓文化、讀
品文化、雅典文化、知音人文化、手藝家出版社、璞申文
化、智學堂文化、語晉鳥文化

活動期內，永續圖書將保留變更或終止該活動之權利及最終決定權。

國家圖書館出版品預行編目資料

背包客基本要會的韓語便利句 / 雅典韓研所企編
-- 初版. -- 新北市：雅典文化，民103.07
面；　公分. -- (全民學韓語；19)
ISBN 978-986-5753-14-6(平裝附光碟片)
1.韓語 2.旅遊 3.會話

803.288   103009516

全民學韓語系列 19

背包客基本要會的韓語便利句

編著／雅典韓研所
責編／呂欣穎
美術編輯／蕭若辰
封面設計／劉逸芹

法律顧問：方圓法律事務所／涂成樞律師

總經銷／永續圖書有限公司
永續圖書線上購物網
www.foreverbooks.com.tw

CVS代理／美璟文化有限公司
TEL：(02) 2723-9968
FAX：(02) 2723-9668

出版日／2014年7月

雅典文化

出版社
22103　新北市汐止區大同路三段194號9樓之1
TEL　(02) 8647-3663
FAX　(02) 8647-3660

背包客基本要會的韓語便利句

雅致風靡　典藏文化

親愛的顧客您好，感謝您購買這本書。即日起，填寫讀者回函卡寄回至本公司，我們每月將抽出一百名回函讀者，寄出精美禮物並享有生日當月購書優惠！想知道更多更即時的消息，歡迎加入"永續圖書粉絲團"您也可以選擇傳真、掃描或用本公司準備的免郵回函寄回，謝謝。

傳真電話：（02）8647-3660　　　電子信箱：yungjiuh@ms45.hinet.net

姓名：		性別：　□男　□女
出生日期：　年　月　日	電話：	
學歷：	職業：	
E-mail：		
地址：□□□		
從何處購買此書：	購買金額：　　　元	
購買本書動機：□封面 □書名 □排版 □內容 □作者 □偶然衝動		

你對本書的意見：
內容：□滿意□尚可□待改進　　編輯：□滿意□尚可□待改進
封面：□滿意□尚可□待改進　　定價：□滿意□尚可□待改進

其他建議：

總經銷：永續圖書有限公司

永續圖書線上購物網
www.foreverbooks.com.tw

您可以使用以下方式將回函寄回。

您的回覆，是我們進步的最大動力，謝謝。

① 使用本公司準備的免郵回函寄回。

② 傳真電話：（02）8647-3660

③ 掃描圖檔寄到電子信箱：

　yungjiuh@ms45.hinet.net

沿此線對折後寄回，謝謝。

廣 告 回 信

基隆郵局登記證

基隆廣字第056號

2 2 1 - 0 3

雅典文化事業有限公司　收
新北市汐止區大同路三段194號9樓之1

雅致風靡　　典藏文化